Bibliothek der Erstausgaben

★

Franz Kafka
Die Verwandlung

Franz Kafka

Die Verwandlung

Leipzig 1916

Herausgegeben von
Joseph Kiermeier-Debre

Deutscher Taschenbuch Verlag

Der Nachdruck des Textes folgt originalgetreu
der Erstausgabe von 1916.
Die Originalpaginierung wird im fortlaufenden Text vermerkt.
Der Anhang gibt Auskunft zu Autor und Werk.

Originalausgabe
September 1997
9. Auflage April 2006
Deutscher Taschenbuch Verlag GmbH & Co. KG, München
www.dtv.de
© 1997 Deutscher Taschenbuch Verlag, München
Umschlagkonzept: Balk & Brumshagen
Umschlagbild: Ausschnitt des Werkes
„Tablett mit 3 Orangen" (1982) von Georg Baselitz
© Georg Baselitz, 1997
Gesetzt aus der Bembo Berthold
Satz: Fritz Franz Vogel, CH-Wädenswil
Druck und Bindung: Druckerei C. H. Beck, Nördlingen
Gedruckt auf säurefreiem, chlorfrei gebleichtem Papier
Printed in Germany
ISBN-13: 978-3-423-02629-1
ISBN-10: 3-423-02629-4

DIE
VERWANDLUNG

VON

FRANZ KAFKA

KURT WOLFF VERLAG

LEIPZIG

I.

Als Gregor Samsa eines Morgens aus unruhigen
Träumen erwachte, fand er sich in seinem Bett zu
einem ungeheuren Ungeziefer verwandelt. Er lag auf
seinem panzerartig harten Rücken und sah, wenn er
den Kopf ein wenig hob, seinen gewölbten, braunen,
von bogenförmigen Versteifungen geteilten Bauch, auf
dessen Höhe sich die Bettdecke, zum gänzlichen Nie-
dergleiten bereit, kaum noch erhalten konnte. Seine
vielen, im Vergleich zu seinem sonstigen Umfang
kläglich dünnen Beine flimmerten ihm hilflos vor den
Augen.

„Was ist mit mir geschehen?", dachte er. Es war kein
Traum. Sein Zimmer, ein richtiges, nur etwas zu
kleines Menschenzimmer, lag ruhig zwischen den vier
wohlbekannten Wänden. Über dem Tisch, auf dem
eine auseinandergepackte Musterkollektion von Tuch-
waren ausgebreitet war – Samsa war Reisender –, hing
das Bild, das er vor kurzem aus einer illustrierten Zeitschrift ausgeschnitten und in einem hübschen, vergol-
deten Rahmen untergebracht hatte. Es stellte eine
Dame dar, die, mit einem Pelzhut und einer Pelzboa
versehen, aufrecht dasaß und einen schweren Pelzmuff,

in dem ihr ganzer Unterarm verschwunden war, dem
Beschauer entgegenhob.

Gregors Blick richtete sich dann zum Fenster, und das
trübe Wetter – man hörte Regentropfen auf das Fenster-
blech aufschlagen – machte ihn ganz melancholisch.
„Wie wäre es, wenn ich noch ein wenig weiter|4|schlie-
fe und alle Narrheiten vergäße," dachte er, aber das war
gänzlich undurchführbar, denn er war gewöhnt, auf der
rechten Seite zu schlafen, konnte sich aber in seinem
gegenwärtigen Zustand nicht in diese Lage bringen. Mit
welcher Kraft er sich auch auf die rechte Seite warf,
immer wieder schaukelte er in die Rückenlage zurück.
Er versuchte es wohl hundertmal, schloß die Augen, um
die zappelnden Beine nicht sehen zu müssen, und ließ
erst ab, als er in der Seite einen noch nie gefühlten, leichten, dumpfen Schmerz zu fühlen begann.

„Ach Gott," dachte er, „was für einen anstrengen-
den Beruf habe ich gewählt! Tag aus, Tag ein auf der
Reise. Die geschäftlichen Aufregungen sind viel größer,
als im eigentlichen Geschäft zu Hause, und außerdem
ist mir noch diese Plage des Reisens auferlegt, die
Sorgen um die Zuganschlüsse, das unregelmäßige,
schlechte Essen, ein immer wechselnder, nie andau-
ernder, nie herzlich werdender menschlicher Verkehr.
Der Teufel soll das alles holen!" Er fühlte ein leichtes
Jucken oben auf dem Bauch; schob sich auf dem
Rücken langsam näher zum Bettpfosten, um den Kopf
besser heben zu können; fand die juckende Stelle, die

mit lauter kleinen weißen Pünktchen besetzt war, die er nicht zu beurteilen verstand; und wollte mit einem Bein die Stelle betasten, zog es aber gleich zurück, denn bei der Berührung umwehten ihn Kälteschauer.

Er glitt wieder in seine frühere Lage zurück. „Dies frühzeitige Aufstehen", dachte er, „macht einen ganz blödsinnig. Der Mensch muß seinen Schlaf haben. Andere Reisende leben wie Haremsfrauen. Wenn ich zum Beispiel im Laufe des Vormittags ins Gasthaus zurückgehe, um die erlangten Aufträge zu überschreiben, sitzen diese Herren erst beim Frühstück. Das sollte |5| ich bei meinem Chef versuchen; ich würde auf der Stelle hinausfliegen. Wer weiß übrigens, ob das nicht sehr gut für mich wäre. Wenn ich mich nicht wegen meiner Eltern zurückhielte, ich hätte längst gekündigt, ich wäre vor den Chef hin getreten und hätte ihm meine Meinung von Grund des Herzens aus gesagt. Vom Pult hätte er fallen müssen! Es ist auch eine sonderbare Art, sich auf das Pult zu setzen und von der Höhe herab mit dem Angestellten zu reden, der überdies wegen der Schwerhörigkeit des Chefs ganz nahe herantreten muß. Nun, die Hoffnung ist noch nicht gänzlich aufgegeben; habe ich einmal das Geld beisammen, um die Schuld der Eltern an ihn abzuzahlen – es dürfte noch fünf bis sechs Jahre dauern –, mache ich die Sache unbedingt. Dann wird der große Schnitt gemacht. Vorläufig allerdings muß ich aufstehen, denn mein Zug fährt um fünf."

Und er sah zur Weckuhr hinüber, die auf dem
Kasten tickte. „Himmlischer Vater!", dachte er. Es war
halb sieben Uhr, und die Zeiger gingen ruhig vorwärts,
es war sogar halb vorüber, es näherte sich schon
dreiviertel. Sollte der Wecker nicht geläutet haben?
Man sah vom Bett aus, daß er auf vier Uhr richtig
eingestellt war; gewiß hatte er auch geläutet. Ja, aber
war es möglich, dieses möbelerschütternde Läuten
ruhig zu verschlafen? Nun, ruhig hatte er ja nicht
geschlafen, aber wahrscheinlich desto fester. Was aber
sollte er jetzt tun? Der nächste Zug ging um sieben
Uhr; um den einzuholen, hätte er sich unsinnig beeilen
müssen, und die Kollektion war noch nicht eingepackt,
und er selbst fühlte sich durchaus nicht besonders frisch
und beweglich. Und selbst wenn er den Zug einholte,
ein Donnerwetter des Chefs war nicht zu vermeiden,
denn der Geschäftsdiener hatte beim Fünfuhrzug ge-
wartet |6| und die Meldung von seiner Versäumnis
längst erstattet. Es war eine Kreatur des Chefs, ohne
Rückgrat und Verstand. Wie nun, wenn er sich krank
meldete? Das wäre aber äußerst peinlich und verdächtig, denn Gregor war während seines fünfjährigen
Dienstes noch nicht einmal krank gewesen. Gewiß
würde der Chef mit dem Krankenkassenarzt kommen,
würde den Eltern wegen des faulen Sohnes Vorwürfe
machen und alle Einwände durch den Hinweis auf den
Krankenkassenarzt abschneiden, für den es ja überhaupt nur ganz gesunde, aber arbeitsscheue Menschen

gibt. Und hätte er übrigens in diesem Falle so ganz unrecht? Gregor fühlte sich tatsächlich, abgesehen von einer nach dem langen Schlaf wirklich überflüssigen Schläfrigkeit, ganz wohl und hatte sogar einen besonders kräftigen Hunger.

Als er dies alles in größter Eile überlegte, ohne sich entschließen zu können, das Bett zu verlassen – gerade schlug der Wecker dreiviertel sieben – klopfte es vorsichtig an die Tür am Kopfende seines Bettes. „Gregor," rief es – es war die Mutter –, „es ist dreiviertel sieben. Wolltest du nicht wegfahren?" Die sanfte Stimme! Gregor erschrak, als er seine antwortende Stimme hörte, die wohl unverkennbar seine frühere war, in die sich aber, wie von unten her, ein nicht zu unterdrückendes, schmerzliches Piepsen mischte, das die Worte förmlich nur im ersten Augenblick in ihrer Deutlichkeit beließ, um sie im Nachklang derart zu zerstören, daß man nicht wußte, ob man recht gehört hatte. Gregor hatte ausführlich antworten und alles erklären wollen, beschränkte sich aber bei diesen Umständen darauf, zu sagen: „Ja, ja, danke Mutter, ich stehe schon auf." Infolge der Holztür war die Veränderung in Gregors Stimme draußen wohl nicht zu merken, denn die Mutter beruhigte sich mit dieser Er|7|klärung und schlürfte davon. Aber durch das kleine Gespräch waren die anderen Familienmitglieder darauf aufmerksam geworden, daß Gregor wider Erwarten noch zu Hause war, und schon klopfte an der einen Seitentür der Vater, schwach, aber mit der Faust. „Gregor, Gregor," rief er, „was ist denn?" Und nach einer kleinen Weile mahnte er nochmals mit tieferer Stimme: „Gregor! Gregor!" An der anderen Seitentür aber klagte leise die Schwester: „Gregor? Ist dir nicht wohl? Brauchst du etwas?" Nach beiden Seiten hin antwortete Gregor: „Bin schon fertig," und bemühte sich, durch die sorgfältigste Aussprache und durch Einschaltung von langen Pausen zwischen den einzelnen Worten seiner Stimme alles Auffallende zu nehmen. Der Vater kehrte auch zu seinem Frühstück zurück, die Schwester aber flüsterte: „Gregor, mach auf, ich beschwöre dich." Gregor aber dachte gar nicht daran aufzumachen, sondern lobte die vom Reisen her übernommene Vorsicht, auch zu Hause alle Türen während der Nacht zu versperren.

Zunächst wollte er ruhig und ungestört aufstehen, sich anziehen und vor allem frühstücken, und dann erst das Weitere überlegen, denn, das merkte er wohl, im Bett würde er mit dem Nachdenken zu keinem vernünftigen Ende kommen. Er erinnerte sich, schon öfters im Bett irgendeinen vielleicht durch ungeschicktes Liegen erzeugten, leichten Schmerz empfunden zu haben, der sich dann beim Aufstehen als reine Einbildung herausstellte, und er war gespannt, wie sich seine heutigen Vorstellungen allmählich auflösen würden. Daß die Veränderung der Stimme nichts anderes war, als der Vorbote einer tüchtigen Verkühlung, einer

Berufskrankheit der Reisenden, daran zweifelte er nicht im geringsten.

|8| Die Decke abzuwerfen war ganz einfach; er brauchte sich nur ein wenig aufzublasen und sie fiel von selbst. Aber weiterhin wurde es schwierig, besonders weil er so ungemein breit war. Er hätte Arme und Hände gebraucht, um sich aufzurichten; statt dessen aber hatte er nur die vielen Beinchen, die ununterbrochen in der verschiedensten Bewegung waren und die er überdies nicht beherrschen konnte. Wollte er eines einmal einknicken, so war es das erste, daß es sich streckte; und gelang es ihm endlich, mit diesem Bein das auszuführen, was er wollte, so arbeiteten inzwischen alle anderen, wie freigelassen, in höchster, schmerzlicher Aufregung. „Nur sich nicht im Bett unnütz aufhalten," sagte sich Gregor.

Zuerst wollte er mit dem unteren Teil seines Körpers aus dem Bett hinauskommen, aber dieser untere Teil, den er übrigens noch nicht gesehen hatte und von dem er sich auch keine rechte Vorstellung machen konnte, erwies sich als zu schwer beweglich; es ging so langsam; und als er schließlich, fast wild geworden, mit gesammelter Kraft, ohne Rücksicht sich vorwärtsstieß, hatte er die Richtung falsch gewählt, schlug an den unteren Bettpfosten heftig an, und der brennende Schmerz, den er empfand, belehrte ihn, daß gerade der untere Teil seines Körpers augenblicklich vielleicht der empfindlichste war.

Er versuchte es daher, zuerst den Oberkörper aus
dem Bett zu bekommen, und drehte vorsichtig den
Kopf dem Bettrand zu. Dies gelang auch leicht, und
trotz ihrer Breite und Schwere folgte schließlich die
Körpermasse langsam der Wendung des Kopfes. Aber
als er den Kopf endlich außerhalb des Bettes in der
freien Luft hielt, bekam er Angst, weiter auf diese
Weise vorzurücken, denn wenn er sich schließlich so
|9| fallen ließ, mußte geradezu ein Wunder geschehen,
wenn der Kopf nicht verletzt werden sollte. Und die
Besinnung durfte er gerade jetzt um keinen Preis
verlieren; lieber wollte er im Bett bleiben.

Aber als er wieder nach gleicher Mühe aufseufzend
so dalag wie früher, und wieder seine Beinchen womöglich noch ärger gegeneinander kämpfen sah und keine
Möglichkeit fand, in diese Willkür Ruhe und Ordnung
zu bringen, sagte er sich wieder, daß er unmöglich im
Bett bleiben könne und daß es das Vernünftigste sei, alles
zu opfern, wenn auch nur die kleinste Hoffnung bestün-
de, sich dadurch vom Bett zu befreien. Gleichzeitig aber
vergaß er nicht, sich zwischendurch daran zu erinnern,
daß viel besser als verzweifelte Entschlüsse ruhige und
ruhigste Überlegung sei. In solchen Augenblicken
richtete er die Augen möglichst scharf auf das Fenster,
aber leider war aus dem Anblick des Morgennebels, der
sogar die andere Seite der engen Straße verhüllte, wenig
Zuversicht und Munterkeit zu holen. „Schon sieben
Uhr," sagte er sich beim neuerlichen Schlagen des

Weckers, „schon sieben Uhr und noch immer ein solcher Nebel." Und ein Weilchen lang lag er ruhig mit schwachem Atem, als erwarte er vielleicht von der völligen Stille die Wiederkehr der wirklichen und selbstverständlichen Verhältnisse.

Dann aber sagte er sich: „Ehe es einviertel acht schlägt, muß ich unbedingt das Bett vollständig verlassen haben. Im übrigen wird auch bis dahin jemand aus dem Geschäft kommen, um nach mir zu fragen, denn das Geschäft wird vor sieben Uhr geöffnet." Und er machte sich nun daran, den Körper in seiner ganzen Länge vollständig gleichmäßig aus dem Bett hinauszuschaukeln. Wenn er sich auf diese Weise aus dem Bett fallen ließ, blieb der Kopf, den er beim Fall scharf heben |10| wollte, voraussichtlich unverletzt. Der Rücken schien hart zu sein; dem würde wohl bei dem Fall auf den Teppich nichts geschehen. Das größte Bedenken machte ihm die Rücksicht auf den lauten Krach, den es geben müßte und der wahrscheinlich hinter allen Türen wenn nicht Schrecken, so doch Besorgnisse erregen würde. Das mußte aber gewagt werden.

Als Gregor schon zur Hälfte aus dem Bette ragte – die neue Methode war mehr ein Spiel als eine Anstrengung, er brauchte immer nur ruckweise zu schaukeln –, fiel ihm ein, wie einfach alles wäre, wenn man ihm zu Hilfe käme. Zwei starke Leute – er dachte an seinen Vater und das Dienstmädchen – hätten vollständig genügt; sie hätten ihre Arme nur unter seinen gewölb-

ten Rücken schieben, ihn so aus dem Bett schälen, sich
mit der Last niederbeugen und dann bloß vorsichtig
dulden müssen, daß er den Überschwung auf dem
Fußboden vollzog, wo dann die Beinchen hoffentlich
einen Sinn bekommen würden. Nun, ganz abgesehen
davon, daß die Türen versperrt waren, hätte er wirklich
um Hilfe rufen sollen? Trotz aller Not konnte er bei
diesem Gedanken ein Lächeln nicht unterdrücken.

Schon war er so weit, daß er bei stärkerem Schaukeln kaum das Gleichgewicht noch erhielt, und sehr
bald mußte er sich nun endgültig entscheiden, denn es
war in fünf Minuten einviertel acht, – als es an der
Wohnungstür läutete. „Das ist jemand aus dem
Geschäft," sagte er sich und erstarrte fast, während seine
Beinchen nur desto eiliger tanzten. Einen Augenblick
blieb alles still. „Sie öffnen nicht," sagte sich Gregor,
befangen in irgendeiner unsinnigen Hoffnung. Aber
dann ging natürlich wie immer das Dienstmädchen
festen Schrittes zur Tür und öffnete. Gregor brauchte
|11| nur das erste Grußwort des Besuchers zu hören und
wußte schon, wer es war – der Prokurist selbst. Warum
war nur Gregor dazu verurteilt, bei einer Firma zu
dienen, wo man bei der kleinsten Versäumnis gleich
den größten Verdacht faßte? Waren denn alle Angestellten samt und sonders Lumpen, gab es denn unter ihnen
keinen treuen ergebenen Menschen, der, wenn er auch
nur ein paar Morgenstunden für das Geschäft nicht
ausgenützt hatte, vor Gewissensbissen närrisch wurde

und geradezu nicht imstande war, das Bett zu verlassen? Genügte es wirklich nicht, einen Lehrjungen nachfragen zu lassen – wenn überhaupt diese Fragerei nötig war –, mußte da der Prokurist selbst kommen, und mußte dadurch der ganzen unschuldigen Familie gezeigt werden, daß die Untersuchung dieser verdächtigen Angelegenheit nur dem Verstand des Prokuristen anvertraut werden konnte? Und mehr infolge der Erregung, in welche Gregor durch diese Überlegungen versetzt wurde, als infolge eines richtigen Entschlusses, schwang er sich mit aller Macht aus dem Bett. Es gab einen lauten Schlag, aber ein eigentlicher Krach war es nicht. Ein wenig wurde der Fall durch den Teppich abgeschwächt, auch war der Rücken elastischer, als Gregor gedacht hatte, daher kam der nicht gar so auffallende dumpfe Klang. Nur den Kopf hatte er nicht vorsichtig genug gehalten und ihn angeschlagen; er drehte ihn und rieb ihn an dem Teppich vor Ärger und Schmerz.

„Da drin ist etwas gefallen," sagte der Prokurist im Nebenzimmer links. Gregor suchte sich vorzustellen, ob nicht auch einmal dem Prokuristen etwas Ähnliches passieren könnte, wie heute ihm; die Möglichkeit dessen mußte man doch eigentlich zugeben. Aber wie zur rohen Antwort auf diese Frage machte jetzt der Prokurist |12| im Nebenzimmer ein paar bestimmte Schritte und ließ seine Lackstiefel knarren. Aus dem Nebenzimmer rechts flüsterte die Schwester, um Gregor zu verständigen: „Gregor, der Prokurist ist da."

„Ich weiß," sagte Gregor vor sich hin; aber so laut, daß
es die Schwester hätte hören können, wagte er die
Stimme nicht zu erheben.

„Gregor," sagte nun der Vater aus dem Nebenzimmer links, „der Herr Prokurist ist gekommen und
erkundigt sich, warum du nicht mit dem Frühzug
weggefahren bist. Wir wissen nicht, was wir ihm sagen
sollen. Übrigens will er auch mit dir persönlich sprechen. Also bitte mach die Tür auf. Er wird die Unord-
nung im Zimmer zu entschuldigen schon die Güte
haben." „Guten Morgen, Herr Samsa," rief der Prokurist freundlich dazwischen. „Ihm ist nicht wohl," sagte
die Mutter zum Prokuristen, während der Vater noch
an der Tür redete, „ihm ist nicht wohl, glauben Sie mir,
Herr Prokurist. Wie würde denn Gregor sonst einen
Zug versäumen! Der Junge hat ja nichts im Kopf als das
Geschäft. Ich ärgere mich schon fast, daß er abends
niemals ausgeht; jetzt war er doch acht Tage in der
Stadt, aber jeden Abend war er zu Hause. Da sitzt er
bei uns am Tisch und liest still die Zeitung oder studiert
Fahrpläne. Es ist schon eine Zerstreuung für ihn, wenn
er sich mit Laubsägearbeiten beschäftigt. Da hat er zum
Beispiel im Laufe von zwei, drei Abenden einen
kleinen Rahmen geschnitzt; Sie werden staunen, wie
hübsch er ist; er hängt drin im Zimmer; Sie werden ihn
gleich sehen, bis Gregor aufmacht. Ich bin übrigens
glücklich, daß Sie da sind, Herr Prokurist; wir allein
hätten Gregor nicht dazu gebracht, die Tür zu öffnen;

er ist so hartnäckig; und bestimmt ist ihm nicht wohl, trotzdem er es am Morgen ge|13|leugnet hat." „Ich komme gleich," sagte Gregor langsam und bedächtig und rührte sich nicht, um kein Wort der Gespräche zu verlieren. „Anders, gnädige Frau, kann ich es mir auch nicht erklären," sagte der Prokurist, „hoffentlich ist es nichts Ernstes. Wenn ich auch andererseits sagen muß, daß wir Geschäftsleute – wie man will, leider oder glücklicherweise – ein leichtes Unwohlsein sehr oft aus geschäftlichen Rücksichten einfach überwinden müssen." „Also kann der Herr Prokurist schon zu dir hinein?" fragte der ungeduldige Vater und klopfte wiederum an die Tür. „Nein," sagte Gregor. Im Nebenzimmer links trat eine peinliche Stille ein, im Nebenzimmer rechts begann die Schwester zu schluchzen.

Warum ging denn die Schwester nicht zu den anderen? Sie war wohl erst jetzt aus dem Bett aufgestanden und hatte noch gar nicht angefangen sich anzuziehen. Und warum weinte sie denn? Weil er nicht aufstand und den Prokuristen nicht hereinließ, weil er in Gefahr war, den Posten zu verlieren und weil dann der Chef die Eltern mit den alten Forderungen wieder verfolgen würde? Das waren doch vorläufig wohl unnötige Sorgen. Noch war Gregor hier und dachte nicht im geringsten daran, seine Familie zu verlassen. Augenblicklich lag er wohl da auf dem Teppich, und niemand, der seinen Zustand gekannt hätte, hätte im Ernst von ihm verlangt, daß er den

Prokuristen hereinlasse. Aber wegen dieser kleinen
Unhöflichkeit, für die sich ja später leicht eine passen-
de Ausrede finden würde, konnte Gregor doch nicht
gut sofort weggeschickt werden. Und Gregor schien es,
daß es viel vernünftiger wäre, ihn jetzt in Ruhe zu
lassen, statt ihn mit Weinen und Zureden zu stören.
Aber es war eben die Ungewißheit, welche die anderen
bedrängte und ihr Benehmen entschuldigte.

|14| „Herr Samsa," rief nun der Prokurist mit erhobe-
ner Stimme, „was ist denn los? Sie verbarrikadieren sich
da in Ihrem Zimmer, antworten bloß mit ja und nein,
machen Ihren Eltern schwere, unnötige Sorgen und
versäumen – dies nur nebenbei erwähnt – Ihre geschäftlichen Pflichten in einer eigentlich unerhörten Weise.
Ich spreche hier im Namen Ihrer Eltern und Ihres Chefs
und bitte Sie ganz ernsthaft um eine augenblickliche,
deutliche Erklärung. Ich staune, ich staune. Ich glaubte
Sie als einen ruhigen, vernünftigen Menschen zu
kennen, und nun scheinen Sie plötzlich anfangen zu
wollen, mit sonderbaren Launen zu paradieren. Der
Chef deutete mir zwar heute früh eine mögliche
Erklärung für Ihre Versäumnis an – sie betraf das Ihnen
seit kurzem anvertraute Inkasso –, aber ich legte
wahrhaftig fast mein Ehrenwort dafür ein, daß diese
Erklärung nicht zutreffen könne. Nun aber sehe ich hier
Ihren unbegreiflichen Starrsinn und verliere ganz und
gar jede Lust, mich auch nur im geringsten für Sie einzu-
setzen. Und Ihre Stellung ist durchaus nicht die festeste.

Ich hatte ursprünglich die Absicht, Ihnen das alles unter vier Augen zu sagen, aber da Sie mich hier nutzlos meine Zeit versäumen lassen, weiß ich nicht, warum es nicht auch Ihre Herren Eltern erfahren sollen. Ihre Leistungen in der letzten Zeit waren also sehr unbefriedigend; es ist zwar nicht die Jahreszeit, um besondere Geschäfte zu machen, das erkennen wir an; aber eine Jahreszeit, um keine Geschäfte zu machen, gibt es überhaupt nicht, Herr Samsa, darf es nicht geben."

„Aber Herr Prokurist," rief Gregor außer sich und vergaß in der Aufregung alles andere, „ich mache ja sofort, augenblicklich auf. Ein leichtes Unwohlsein, ein Schwindelanfall, haben mich verhindert aufzustehen. Ich |15| liege noch jetzt im Bett. Jetzt bin ich aber schon wieder ganz frisch. Eben steige ich aus dem Bett. Nur einen kleinen Augenblick Geduld! Es geht noch nicht so gut, wie ich dachte. Es ist mir aber schon wohl. Wie das nur einen Menschen so überfallen kann! Noch gestern abend war mir ganz gut, meine Eltern wissen es ja, oder besser, schon gestern Abend hatte ich eine kleine Vorahnung. Man hätte es mir ansehen müssen. Warum habe ich es nur im Geschäfte nicht gemeldet! Aber man denkt eben immer, daß man die Krankheit ohne Zuhausebleiben überstehen wird. Herr Prokurist! Schonen Sie meine Eltern! Für alle die Vorwürfe, die Sie mir jetzt machen, ist ja kein Grund; man hat mir ja davon auch kein Wort gesagt. Sie haben vielleicht die letzten Aufträge, die ich geschickt habe, nicht gelesen.

Übrigens, noch mit dem Achtuhrzug fahre ich auf die Reise, die paar Stunden Ruhe haben mich gekräftigt. Halten Sie sich nur nicht auf, Herr Prokurist; ich bin gleich selbst im Geschäft, und haben Sie die Güte, das zu sagen und mich dem Herrn Chef zu empfehlen!"

Und während Gregor dies alles hastig ausstieß und kaum wußte, was er sprach, hatte er sich leicht, wohl infolge der im Bett bereits erlangten Übung, dem Kasten genähert und versuchte nun, an ihm sich aufzurichten. Er wollte tatsächlich die Tür aufmachen, tatsächlich sich sehen lassen und mit dem Prokuristen sprechen; er war begierig zu erfahren, was die anderen, die jetzt so nach ihm verlangten, bei seinem Anblick sagen würden. Würden sie erschrecken, dann hatte Gregor keine Verantwortung mehr und konnte ruhig sein. Würden sie aber alles ruhig hinnehmen, dann hatte auch er keinen Grund sich aufzuregen, und konnte, wenn er sich beeilte, um acht Uhr tatsächlich auf dem Bahnhof sein. Zuerst glitt er nun einigemale von dem glatten Kasten |16| ab, aber endlich gab er sich einen letzten Schwung und stand aufrecht da; auf die Schmerzen im Unterleib achtete er gar nicht mehr, so sehr sie auch brannten. Nun ließ er sich gegen die Rückenlehne eines nahen Stuhles fallen, an deren Rändern er sich mit seinen Beinchen festhielt. Damit hatte er aber auch die Herrschaft über sich erlangt und verstummte, denn nun konnte er den Prokuristen anhören.

„Haben Sie auch nur ein Wort verstanden?", fragte der Prokurist die Eltern, „er macht sich doch wohl nicht einen Narren aus uns?" „Um Gottes willen," rief die Mutter schon unter Weinen, „er ist vielleicht schwer krank, und wir quälen ihn. Grete! Grete!" schrie sie dann. „Mutter?" rief die Schwester von der anderen Seite. Sie verständigten sich durch Gregors Zimmer. „Du mußt augenblicklich zum Arzt. Gregor ist krank. Rasch um den Arzt. Hast du Gregor jetzt reden hören?" „Das war eine Tierstimme," sagte der Prokurist, auffallend leise gegenüber dem Schreien der Mutter. „Anna! Anna!" rief der Vater durch das Vorzimmer in die Küche und klatschte in die Hände, „sofort einen Schlosser holen!" Und schon liefen die zwei Mädchen mit rauschenden Röcken durch das Vorzimmer – wie hatte sich die Schwester denn so schnell angezogen? – und rissen die Wohnungstüre auf. Man hörte gar nicht die Türe zuschlagen; sie hatten sie wohl offen gelassen, wie es in Wohnungen zu sein pflegt, in denen ein großes Unglück geschehen ist.

Gregor war aber viel ruhiger geworden. Man verstand zwar also seine Worte nicht mehr, trotzdem sie ihm genug klar, klarer als früher, vorgekommen waren, vielleicht infolge der Gewöhnung des Ohres. Aber immerhin glaubte man nun schon daran, daß es mit ihm nicht ganz in Ordnung war, und war bereit, ihm |17| zu helfen. Die Zuversicht und Sicherheit, mit welchen die ersten Anordnungen getroffen worden waren, taten ihm

wohl. Er fühlte sich wieder einbezogen in den menschlichen Kreis und erhoffte von beiden, vom Arzt und vom
Schlosser, ohne sie eigentlich genau zu scheiden, großar-
tige und überraschende Leistungen. Um für die sich
nähernden entscheidenden Besprechungen eine möglichst klare Stimme zu bekommen, hustete er ein wenig
ab, allerdings bemüht, dies ganz gedämpft zu tun, da
möglicherweise auch schon dieses Geräusch anders als
menschlicher Husten klang, was er selbst zu entscheiden
sich nicht mehr getraute. Im Nebenzimmer war es
inzwischen ganz still geworden. Vielleicht saßen die
Eltern mit dem Prokuristen beim Tisch und tuschelten,
vielleicht lehnten alle an der Türe und horchten.

Gregor schob sich langsam mit dem Sessel zur Tür
hin, ließ ihn dort los, warf sich gegen die Tür, hielt sich
an ihr aufrecht – die Ballen seiner Beinchen hatten ein
wenig Klebstoff – und ruhte sich dort einen Augenblick lang von der Anstrengung aus. Dann aber machte
er sich daran, mit dem Mund den Schlüssel im Schloß
umzudrehen. Es schien leider, daß er keine eigentlichen Zähne hatte, – womit sollte er gleich den Schlüssel fassen? – aber dafür waren die Kiefer freilich sehr
stark; mit ihrer Hilfe brachte er auch wirklich den
Schlüssel in Bewegung und achtete nicht darauf, daß
er sich zweifellos irgendeinen Schaden zufügte, denn
eine braune Flüssigkeit kam ihm aus dem Mund, floß
über den Schlüssel und tropfte auf den Boden. „Hören
Sie nur," sagte der Prokurist im Nebenzimmer, „er

dreht den Schlüssel um." Das war für Gregor eine
große Aufmunterung; aber alle hätten ihm zurufen
sollen, auch der Vater und die Mutter: „Frisch, Gregor,"
|18| hätten sie rufen sollen, „immer nur heran, fest an
das Schloß heran!" Und in der Vorstellung, daß alle
seine Bemühungen mit Spannung verfolgten, verbiß er
sich mit allem, was er an Kraft aufbringen konnte,
besinnungslos in den Schlüssel. Je nach dem Fortschrei-
ten der Drehung des Schlüssels umtanzte er das Schloß;
hielt sich jetzt nur noch mit dem Munde aufrecht, und
je nach Bedarf hing er sich an den Schlüssel oder drückte ihn dann wieder nieder mit der ganzen Last seines
Körpers. Der hellere Klang des endlich zurückschnap-
penden Schlosses erweckte Gregor förmlich. Aufatmend sagte er sich: „Ich habe also den Schlosser nicht
gebraucht," und legte den Kopf auf die Klinke, um die
Türe gänzlich zu öffnen.

Da er die Türe auf diese Weise öffnen mußte, war
sie eigentlich schon recht weit geöffnet, und er selbst
noch nicht zu sehen. Er mußte sich erst langsam um
den einen Türflügel herumdrehen, und zwar sehr
vorsichtig, wenn er nicht gerade vor dem Eintritt ins
Zimmer plump auf den Rücken fallen wollte. Er war
noch mit jener schwierigen Bewegung beschäftigt und
hatte nicht Zeit, auf anderes zu achten, da hörte er
schon den Prokuristen ein lautes „Oh!" ausstoßen – es
klang, wie wenn der Wind saust – und nun sah er ihn
auch, wie er, der der Nächste an der Türe war, die

Hand gegen den offenen Mund drückte und langsam
zurückwich, als vertreibe ihn eine unsichtbare, gleich-
mäßig fortwirkende Kraft. Die Mutter – sie stand hier
trotz der Anwesenheit des Prokuristen mit von der
5   Nacht her noch aufgelösten, hoch sich sträubenden
Haaren – sah zuerst mit gefalteten Händen den Vater
an, ging dann zwei Schritte zu Gregor hin und fiel
inmitten ihrer rings um sie herum sich ausbreitenden
Röcke nieder, das Gesicht ganz unauffindbar zu ihrer
10 |19| Brust gesenkt. Der Vater ballte mit feindseligem
Ausdruck die Faust, als wolle er Gregor in sein Zimmer
zurückstoßen, sah sich dann unsicher im Wohnzimmer
um, beschattete dann mit den Händen die Augen und
weinte, daß sich seine mächtige Brust schüttelte.

15   Gregor trat nun gar nicht in das Zimmer, sondern
lehnte sich von innen an den festgeriegelten Türflügel,
so daß sein Leib nur zur Hälfte und darüber der seitlich
geneigte Kopf zu sehen war, mit dem er zu den
anderen hinüberlugte. Es war inzwischen viel heller
20   geworden; klar stand auf der anderen Straßenseite ein
Ausschnitt des gegenüberliegenden, endlosen, grau-
schwarzen Hauses – es war ein Krankenhaus – mit
seinen hart die Front durchbrechenden regelmäßigen
Fenstern; der Regen fiel noch nieder, aber nur mit
25   großen, einzeln sichtbaren und förmlich auch einzeln-
weise auf die Erde hinuntergeworfenen Tropfen. Das
Frühstücksgeschirr stand in überreicher Zahl auf dem
Tisch, denn für den Vater war das Frühstück die

wichtigste Mahlzeit des Tages, die er bei der Lektüre verschiedener Zeitungen stundenlang hinzog. Gerade an der gegenüber liegenden Wand hing eine Photographie Gregors aus seiner Militärzeit, die ihn als Leutnant darstellte, wie er, die Hand am Degen, sorglos lächelnd, Respekt für seine Haltung und Uniform verlangte. Die Tür zum Vorzimmer war geöffnet, und man sah, da auch die Wohnungstür offen war, auf den Vorplatz der Wohnung hinaus und auf den Beginn der abwärts führenden Treppe.

„Nun," sagte Gregor und war sich dessen wohl bewußt, daß er der einzige war, der die Ruhe bewahrt hatte, „ich werde mich gleich anziehen, die Kollektion zusammenpacken und wegfahren. Wollt Ihr, wollt Ihr |20| mich wegfahren lassen? Nun, Herr Prokurist, Sie sehen, ich bin nicht starrköpfig und ich arbeite gern; das Reisen ist beschwerlich, aber ich könnte ohne das Reisen nicht leben. Wohin gehen Sie denn, Herr Prokurist? Ins Geschäft? Ja? Werden Sie alles wahrheitsgetreu berichten? Man kann im Augenblick unfähig sein zu arbeiten, aber dann ist gerade der richtige Zeitpunkt, sich an die früheren Leistungen zu erinnern und zu bedenken, daß man später, nach Beseitigung des Hindernisses, gewiß desto fleißiger und gesammelter arbeiten wird. Ich bin ja dem Herrn Chef so sehr verpflichtet, das wissen Sie doch recht gut. Andererseits habe ich die Sorge um meine Eltern und die Schwester. Ich bin in der Klemme, ich werde mich

aber auch wieder herausarbeiten. Machen Sie es mir
aber nicht schwieriger, als es schon ist. Halten Sie im
Geschäft meine Partei! Man liebt den Reisenden nicht,
ich weiß. Man denkt, er verdient ein Heidengeld und
5   führt dabei ein schönes Leben. Man hat eben keine
besondere Veranlassung, dieses Vorurteil besser zu
durchdenken. Sie aber, Herr Prokurist, Sie haben einen
besseren Überblick über die Verhältnisse, als das sonsti-
ge Personal, ja sogar, ganz im Vertrauen gesagt, einen
10   besseren Überblick, als der Herr Chef selbst, der in
seiner Eigenschaft als Unternehmer sich in seinem
Urteil leicht zu Ungunsten eines Angestellten beirren
läßt. Sie wissen auch sehr wohl, daß der Reisende, der
fast das ganze Jahr außerhalb des Geschäftes ist, so
15   leicht ein Opfer von Klatschereien, Zufälligkeiten und
grundlosen Beschwerden werden kann, gegen die sich
zu wehren ihm ganz unmöglich ist, da er von ihnen
meistens gar nichts erfährt und nur dann, wenn er erschöpft eine Reise beendet hat, zu Hause die schlim-
20   men, auf ihre Ursachen hin nicht mehr zu durch-
schauenden Folgen am eigenen |21| Leibe zu spüren
bekommt. Herr Prokurist, gehen Sie nicht weg, ohne
mir ein Wort gesagt zu haben, das mir zeigt, daß Sie
mir wenigstens zu einem kleinen Teil recht geben!"
25   Aber der Prokurist hatte sich schon bei den ersten
Worten Gregors abgewendet, und nur über die
zuckende Schulter hinweg sah er mit aufgeworfenen
Lippen nach Gregor zurück. Und während Gregors

Rede stand er keinen Augenblick still, sondern verzog sich, ohne Gregor aus den Augen zu lassen, gegen die Tür, aber ganz allmählich, als bestehe ein geheimes Verbot, das Zimmer zu verlassen. Schon war er im Vorzimmer, und nach der plötzlichen Bewegung, mit der er zum letztenmal den Fuß aus dem Wohnzimmer zog, hätte man glauben können, er habe sich soeben die Sohle verbrannt. Im Vorzimmer aber streckte er die rechte Hand weit von sich zur Treppe hin, als warte dort auf ihn eine geradezu überirdische Erlösung.

Gregor sah ein, daß er den Prokuristen in dieser Stimmung auf keinen Fall weggehen lassen dürfe, wenn dadurch seine Stellung im Geschäft nicht aufs äußerste gefährdet werden sollte. Die Eltern verstanden das alles nicht so gut; sie hatten sich in den langen Jahren die Überzeugung gebildet, daß Gregor in diesem Geschäft für sein Leben versorgt war, und hatten außerdem jetzt mit den augenblicklichen Sorgen so viel zu tun, daß ihnen jede Voraussicht abhanden gekommen war. Aber Gregor hatte diese Voraussicht. Der Prokurist mußte gehalten, beruhigt, überzeugt und schließlich gewonnen werden; die Zukunft Gregors und seiner Familie hing doch davon ab! Wäre doch die Schwester hier gewesen! Sie war klug; sie hatte schon geweint, als Gregor noch ruhig auf dem Rücken lag. Und gewiß hätte der Prokurist, dieser Damenfreund, sich von ihr |22| lenken lassen; sie hätte die Wohnungstür zugemacht und ihm im Vorzimmer den

Schrecken ausgeredet. Aber die Schwester war eben nicht da, Gregor selbst mußte handeln. Und ohne daran zu denken, daß er seine gegenwärtigen Fähigkeiten, sich zu bewegen, noch gar nicht kannte, ohne auch daran zu denken, daß seine Rede möglicher- ja wahrscheinlicherweise wieder nicht verstanden worden war, verließ er den Türflügel; schob sich durch die Öffnung; wollte zum Prokuristen hingehen, der sich schon am Geländer des Vorplatzes lächerlicherweise mit beiden Händen festhielt; fiel aber sofort, nach einem Halt suchend, mit einem kleinen Schrei auf seine vielen Beinchen nieder. Kaum war das geschehen, fühlte er zum erstenmal an diesem Morgen ein körperliches Wohlbehagen; die Beinchen hatten festen Boden unter sich; sie gehorchten vollkommen, wie er zu seiner Freude merkte; strebten sogar darnach, ihn fortzutragen, wohin er wollte; und schon glaubte er, die endgültige Besserung alles Leidens stehe unmittelbar bevor. Aber im gleichen Augenblick, als er da schaukelnd vor verhaltener Bewegung, gar nicht weit von seiner Mutter entfernt, ihr gerade gegenüber auf dem Boden lag, sprang diese, die doch so ganz in sich versunken schien, mit einemmale in die Höhe, die Arme weit ausgestreckt, die Finger gespreizt, rief: „Hilfe, um Gottes willen Hilfe!", hielt den Kopf geneigt, als wolle sie Gregor besser sehen, lief aber, im Widerspruch dazu, sinnlos zurück; hatte vergessen, daß hinter ihr der gedeckte Tisch stand; setzte sich, als sie

bei ihm angekommen war, wie in Zerstreutheit, eilig
auf ihn; und schien gar nicht zu merken, daß neben ihr
aus der umgeworfenen großen Kanne der Kaffee in
vollem Strome auf den Teppich sich ergoß.

5   „Mutter, Mutter," sagte Gregor leise, und sah zu |23|
ihr hinauf. Der Prokurist war ihm für einen Augenblick ganz aus dem Sinn gekommen; dagegen konnte
er sich nicht versagen, im Anblick des fließenden
Kaffees mehrmals mit den Kiefern ins Leere zu

10   schnappen. Darüber schrie die Mutter neuerdings auf,
flüchtete vom Tisch und fiel dem ihr entgegeneilen-
den Vater in die Arme. Aber Gregor hatte jetzt keine
Zeit für seine Eltern; der Prokurist war schon auf der
Treppe; das Kinn auf dem Geländer, sah er noch zum

15   letzten Male zurück. Gregor nahm einen Anlauf, um
ihn möglichst sicher einzuholen; der Prokurist mußte
etwas ahnen, denn er machte einen Sprung über mehrere Stufen und verschwand; „Huh!" aber schrie er
noch, es klang durchs ganze Treppenhaus. Leider

20   schien nun auch diese Flucht des Prokuristen den Vater,
der bisher verhältnismäßig gefaßt gewesen war, völlig
zu verwirren, denn statt selbst dem Prokuristen nach-
zulaufen oder wenigstens Gregor in der Verfolgung
nicht zu hindern, packte er mit der Rechten den Stock

25   des Prokuristen, den dieser mit Hut und Überzieher
auf einem Sessel zurückgelassen hatte, holte mit der
Linken eine große Zeitung vom Tisch und machte sich
unter Füßestampfen daran, Gregor durch Schwenken

des Stockes und der Zeitung in sein Zimmer zurückzutreiben. Kein Bitten Gregors half, kein Bitten wurde
auch verstanden, er mochte den Kopf noch so demütig
drehen, der Vater stampfte nur stärker mit den Füßen.
Drüben hatte die Mutter trotz des kühlen Wetters ein
Fenster aufgerissen, und hinausgelehnt drückte sie ihr
Gesicht weit außerhalb des Fensters in ihre Hände.
Zwischen Gasse und Treppenhaus entstand eine starke
Zugluft, die Fenstervorhänge flogen auf, die Zeitungen
auf dem Tische rauschten, einzelne Blätter wehten
über den Boden hin. Unerbittlich drängte der Vater
und stieß |24| Zischlaute aus, wie ein Wilder. Nun hatte
aber Gregor noch gar keine Übung im Rückwärtsgehen, es ging wirklich sehr langsam. Wenn sich Gregor
nur hätte umdrehen dürfen, er wäre gleich in seinem
Zimmer gewesen, aber er fürchtete sich, den Vater
durch die zeitraubende Umdrehung ungeduldig zu
machen, und jeden Augenblick drohte ihm doch von
dem Stock in des Vaters Hand der tödliche Schlag auf
den Rücken oder auf den Kopf. Endlich aber blieb
Gregor doch nichts anderes übrig, denn er merkte mit
Entsetzen, daß er im Rückwärtsgehen nicht einmal die
Richtung einzuhalten verstand; und so begann er, unter
unaufhörlichen ängstlichen Seitenblicken nach dem
Vater, sich nach Möglichkeit rasch, in Wirklichkeit aber
doch nur sehr langsam umzudrehen. Vielleicht merkte
der Vater seinen guten Willen, denn er störte ihn
hierbei nicht, sondern dirigierte sogar hie und da die

Drehbewegung von der Ferne mit der Spitze seines
Stockes. Wenn nur nicht dieses unerträgliche Zischen
des Vaters gewesen wäre! Gregor verlor darüber ganz
den Kopf. Er war schon fast ganz umgedreht, als er sich,
immer auf dieses Zischen horchend, sogar irrte und
sich wieder ein Stück zurückdrehte. Als er aber endlich
glücklich mit dem Kopf vor der Türöffnung war, zeigte
es sich, daß sein Körper zu breit war, um ohne weiteres durchzukommen. Dem Vater fiel es natürlich in
seiner gegenwärtigen Verfassung auch nicht entfernt
ein, etwa den anderen Türflügel zu öffnen, um für
Gregor einen genügenden Durchgang zu schaffen.
Seine fixe Idee war bloß, daß Gregor so rasch als
möglich in sein Zimmer müsse. Niemals hätte er auch
die umständlichen Vorbereitungen gestattet, die Gregor brauchte, um sich aufzurichten und vielleicht auf
diese Weise durch die Tür zu kommen. Vielmehr trieb
er, als gäbe |25| es kein Hindernis, Gregor jetzt unter
besonderem Lärm vorwärts; es klang schon hinter
Gregor gar nicht mehr wie die Stimme bloß eines
einzigen Vaters; nun gab es wirklich keinen Spaß mehr,
und Gregor drängte sich – geschehe was wolle – in die
Tür. Die eine Seite seines Körpers hob sich, er lag schief
in der Türöffnung, seine eine Flanke war ganz
wundgerieben, an der weißen Tür blieben häßliche
Flecken, bald steckte er fest und hätte sich allein nicht
mehr rühren können, die Beinchen auf der einen Seite
hingen zitternd oben in der Luft, die auf der anderen

waren schmerzhaft zu Boden gedrückt – da gab ihm
der Vater von hinten einen jetzt wahrhaftig erlösenden
starken Stoß, und er flog, heftig blutend, weit in sein
Zimmer hinein. Die Tür wurde noch mit dem Stock
zugeschlagen, dann war es endlich still.

II.

Erst in der Abenddämmerung erwachte Gregor aus
seinem schweren ohnmachtsähnlichen Schlaf. Er wäre
gewiß nicht viel später auch ohne Störung erwacht,
denn er fühlte sich genügend ausgeruht und ausge-
schlafen, doch schien es ihm, als hätte ihn ein flüchti-
ger Schritt und ein vorsichtiges Schließen der zum
Vorzimmer führenden Tür geweckt. Der Schein der
elektrischen Straßenlampen lag bleich hier und da auf
der Zimmerdecke und auf den höheren Teilen der
Möbel, aber unten bei Gregor war es finster. Langsam
schob er sich, noch ungeschickt mit seinen Fühlern
tastend, die er erst jetzt schätzen lernte, zur Türe hin,
um nachzusehen, was dort geschehen war. Seine linke
Seite schien eine einzige lange, unangenehm spannen-
de Narbe und er mußte auf seinen zwei Beinreihen
regelrecht hinken. Ein Beinchen war übrigens im Laufe
der vor|26|mittägigen Vorfälle schwer verletzt worden
– es war fast ein Wunder, daß nur eines verletzt
worden war – und schleppte leblos nach.

Erst bei der Tür merkte er, was ihn dorthin eigentlich gelockt hatte; es war der Geruch von etwas
Eßbarem gewesen. Denn dort stand ein Napf mit süßer

Milch gefüllt, in der kleine Schnitten von Weißbrot
schwammen. Fast hätte er vor Freude gelacht, denn er
hatte noch größeren Hunger, als am Morgen, und gleich
tauchte er seinen Kopf fast bis über die Augen in die
Milch hinein. Aber bald zog er ihn enttäuscht wieder
zurück; nicht nur, daß ihm das Essen wegen seiner
heiklen linken Seite Schwierigkeiten machte – und er
konnte nur essen, wenn der ganze Körper schnaufend
mitarbeitete –, so schmeckte ihm überdies die Milch,
die sonst sein Lieblingsgetränk war, und die ihm gewiß
die Schwester deshalb hereingestellt hatte, gar nicht, ja
er wandte sich fast mit Widerwillen von dem Napf ab
und kroch in die Zimmermitte zurück.

   Im Wohnzimmer war, wie Gregor durch die
Türspalte sah, das Gas angezündet, aber während sonst
zu dieser Tageszeit der Vater seine nachmittags erscheinende Zeitung der Mutter und manchmal auch der
Schwester mit erhobener Stimme vorzulesen pflegte,
hörte man jetzt keinen Laut. Nun vielleicht war dieses
Vorlesen, von dem ihm die Schwester immer erzählte
und schrieb, in der letzten Zeit überhaupt aus der
Übung gekommen. Aber auch ringsherum war es so
still, trotzdem doch gewiß die Wohnung nicht leer war.
„Was für ein stilles Leben die Familie doch führte,"
sagte sich Gregor und fühlte, während er starr vor sich
ins Dunkle sah, einen großen Stolz darüber, daß er
seinen Eltern und seiner Schwester ein solches Leben
in einer so schönen Wohnung hatte verschaffen |27|

können. Wie aber, wenn jetzt alle Ruhe, aller Wohlstand, alle Zufriedenheit ein Ende mit Schrecken nehmen sollte? Um sich nicht in solche Gedanken zu verlieren, setzte sich Gregor lieber in Bewegung und kroch im Zimmer auf und ab.

Einmal während des langen Abends wurde die eine Seitentüre und einmal die andere bis zu einer kleinen Spalte geöffnet und rasch wieder geschlossen; jemand hatte wohl das Bedürfnis hereinzukommen, aber auch wieder zuviele Bedenken. Gregor machte nun unmittelbar bei der Wohnzimmertür halt, entschlossen, den zögernden Besucher doch irgendwie hereinzubringen oder doch wenigstens zu erfahren, wer es sei; aber nun wurde die Tür nicht mehr geöffnet und Gregor wartete vergebens. Früh, als die Türen versperrt waren, hatten alle zu ihm hereinkommen wollen, jetzt, da er die eine Tür geöffnet hatte und die anderen offenbar während des Tages geöffnet worden waren, kam keiner mehr, und die Schlüssel steckten nun auch von außen.

Spät erst in der Nacht wurde das Licht im Wohnzimmer ausgelöscht, und nun war leicht festzustellen, daß die Eltern und die Schwester so lange wachgeblieben waren, denn wie man genau hören konnte, entfernten sich jetzt alle drei auf den Fußspitzen. Nun kam gewiß bis zum Morgen niemand mehr zu Gregor herein; er hatte also eine lange Zeit, um ungestört zu überlegen, wie er sein Leben jetzt neu ordnen sollte. Aber das hohe freie Zimmer, in dem er gezwungen war, flach auf dem

Boden zu liegen, ängstigte ihn, ohne daß er die Ursache
herausfinden konnte, denn es war ja sein seit fünf Jahren
von ihm bewohntes Zimmer – und mit einer halb
unbewußten Wendung und nicht ohne eine leichte
Scham eilte er unter das Kanapee, wo er sich, trotzdem
sein Rücken ein wenig |28| gedrückt wurde und trotz-
dem er den Kopf nicht mehr erheben konnte, gleich
sehr behaglich fühlte und nur bedauerte, daß sein
Körper zu breit war, um vollständig unter dem Kanapee
untergebracht zu werden.

Dort blieb er die ganze Nacht, die er zum Teil im
Halbschlaf, aus dem ihn der Hunger immer wieder
aufschreckte, verbrachte, zum Teil aber in Sorgen und
undeutlichen Hoffnungen, die aber alle zu dem Schlus-
se führten, daß er sich vorläufig ruhig verhalten und
durch Geduld und größte Rücksichtnahme der Familie
die Unannehmlichkeiten erträglich machen müsse, die
er ihr in seinem gegenwärtigen Zustand nun einmal zu
verursachen gezwungen war.

Schon am frühen Morgen, es war fast noch Nacht,
hatte Gregor Gelegenheit, die Kraft seiner eben gefaß-
ten Entschlüsse zu prüfen, denn vom Vorzimmer her
öffnete die Schwester, fast völlig angezogen, die Tür
und sah mit Spannung herein. Sie fand ihn nicht gleich,
aber als sie ihn unter dem Kanapee bemerkte – Gott,
er mußte doch irgendwo sein, er hatte doch nicht
wegfliegen können – erschrak sie so sehr, daß sie, ohne
sich beherrschen zu können, die Tür von außen wieder

zuschlug. Aber als bereue sie ihr Benehmen, öffnete sie
die Tür sofort wieder und trat, als sei sie bei einem
Schwerkranken oder gar bei einem Fremden, auf den
Fußspitzen herein. Gregor hatte den Kopf bis knapp
zum Rande des Kanapees vorgeschoben und beobachtete sie. Ob sie wohl bemerken würde, daß er die Milch
stehen gelassen hatte, und zwar keineswegs aus Mangel
an Hunger, und ob sie eine andere Speise hereinbrin-
gen würde, die ihm besser entsprach? Täte sie es nicht
von selbst, er wollte lieber verhungern, als sie darauf
aufmerksam machen, trotzdem es ihn eigentlich un-
geheuer drängte, unterm Kanapee |29| vorzuschießen,
sich der Schwester zu Füßen zu werfen und sie um
irgendetwas Gutes zum Essen zu bitten. Aber die
Schwester bemerkte sofort mit Verwunderung den
noch vollen Napf, aus dem nur ein wenig Milch ringsherum verschüttet war, sie hob ihn gleich auf, zwar
nicht mit den bloßen Händen, sondern mit einem
Fetzen, und trug ihn hinaus. Gregor war äußerst
neugierig, was sie zum Ersatze bringen würde, und er
machte sich die verschiedensten Gedanken darüber.
Niemals aber hätte er erraten können, was die Schwester in ihrer Güte wirklich tat. Sie brachte ihm, um
seinen Geschmack zu prüfen, eine ganze Auswahl, alles
auf einer alten Zeitung ausgebreitet. Da war altes
halbverfaultes Gemüse; Knochen vom Nachtmahl her,
die von festgewordener weißer Sauce umgeben waren;
ein paar Rosinen und Mandeln; ein Käse, den Gregor

vor zwei Tagen für ungenießbar erklärt hatte; ein
trockenes Brot, ein mit Butter beschmiertes Brot und
ein mit Butter beschmiertes und gesalzenes Brot.
Außerdem stellte sie zu dem allen noch den wahrscheinlich ein für allemal für Gregor bestimmten Napf,
in den sie Wasser gegossen hatte. Und aus Zartgefühl,
da sie wußte, daß Gregor vor ihr nicht essen würde,
entfernte sie sich eiligst und drehte sogar den Schlüssel um, damit nur Gregor merken könne, daß er es sich
so behaglich machen dürfe, wie er wolle. Gregors
Beinchen schwirrten, als es jetzt zum Essen ging. Seine
Wunden mußten übrigens auch schon vollständig
geheilt sein, er fühlte keine Behinderung mehr, er
staunte darüber und dachte daran, wie er vor mehr als
einem Monat sich mit dem Messer ganz wenig in den
Finger geschnitten, und wie ihm diese Wunde noch
vorgestern genug wehgetan hatte. „Sollte ich jetzt
weniger Feingefühl haben?", dachte er und saugte
schon gierig an |30| dem Käse, zu dem es ihn vor allen
anderen Speisen sofort und nachdrücklich gezogen
hatte. Rasch hintereinander und mit vor Befriedigung
tränenden Augen verzehrte er den Käse, das Gemüse
und die Sauce; die frischen Speisen dagegen schmeck-
ten ihm nicht, er konnte nicht einmal ihren Geruch
vertragen und schleppte sogar die Sachen, die er essen
wollte, ein Stückchen weiter weg. Er war schon längst
mit allem fertig und lag nur noch faul auf der gleichen
Stelle, als die Schwester zum Zeichen, daß er sich

zurückziehen solle, langsam den Schlüssel umdrehte. Das schreckte ihn sofort auf, trotzdem er schon fast schlummerte, und er eilte wieder unter das Kanapee. Aber es kostete ihn große Selbstüberwindung, auch nur die kurze Zeit, während welcher die Schwester im Zimmer war, unter dem Kanapee zu bleiben, denn von dem reichlichen Essen hatte sich sein Leib ein wenig gerundet und er konnte dort in der Enge kaum atmen. Unter kleinen Erstickungsanfällen sah er mit etwas hervorgequollenen Augen zu, wie die nichtsahnende Schwester mit einem Besen nicht nur die Überbleibsel zusammenkehrte, sondern selbst die von Gregor gar nicht berührten Speisen, als seien also auch diese nicht mehr zu gebrauchen, und wie sie alles hastig in einen Kübel schüttete, den sie mit einem Holzdeckel schloß, worauf sie alles hinaustrug. Kaum hatte sie sich umgedreht, zog sich schon Gregor unter dem Kanapee hervor und streckte und blähte sich.

Auf diese Weise bekam nun Gregor täglich sein Essen, einmal am Morgen, wenn die Eltern und das Dienstmädchen noch schliefen, das zweitemal nach dem allgemeinen Mittagessen, denn dann schliefen die Eltern gleichfalls noch ein Weilchen, und das Dienstmädchen wurde von der Schwester mit irgendeiner Besorgung |31| weggeschickt. Gewiß wollten auch sie nicht, daß Gregor verhungere, aber vielleicht hätten sie es nicht ertragen können, von seinem Essen mehr als durch Hörensagen zu erfahren, vielleicht wollte die Schwester ihnen auch

eine möglicherweise nur kleine Trauer ersparen, denn
tatsächlich litten sie ja gerade genug.

Mit welchen Ausreden man an jenem ersten
Vormittag den Arzt und den Schlosser wieder aus der
Wohnung geschafft hatte, konnte Gregor gar nicht
erfahren, denn da er nicht verstanden wurde, dachte
niemand daran, auch die Schwester nicht, daß er die
Anderen verstehen könne, und so mußte er sich, wenn
die Schwester in seinem Zimmer war, damit begnügen,
nur hier und da ihre Seufzer und Anrufe der Heiligen
zu hören. Erst später, als sie sich ein wenig an alles
gewöhnt hatte – von vollständiger Gewöhnung konnte
natürlich niemals die Rede sein –, erhaschte Gregor
manchmal eine Bemerkung, die freundlich gemeint
war oder so gedeutet werden konnte. „Heute hat es
ihm aber geschmeckt," sagte sie, wenn Gregor unter
dem Essen tüchtig aufgeräumt hatte, während sie im
gegenteiligen Fall, der sich allmählich immer häufiger
wiederholte, fast traurig zu sagen pflegte: „Nun ist
wieder alles stehengeblieben."

Während aber Gregor unmittelbar keine Neuigkeit
erfahren konnte, erhorchte er manches aus den Neben-
zimmern, und wo er nur einmal Stimmen hörte, lief er
gleich zu der betreffenden Tür und drückte sich mit
ganzem Leib an sie. Besonders in der ersten Zeit gab
es kein Gespräch, das nicht irgendwie, wenn auch nur
im geheimen, von ihm handelte. Zwei Tage lang waren
bei allen Mahlzeiten Beratungen darüber zu hören, wie

man sich jetzt verhalten solle; aber auch zwischen den
Mahlzeiten sprach man über das gleiche Thema, denn
|32| immer waren zumindest zwei Familienmitglieder
zu Hause, da wohl niemand allein zu Hause bleiben
wollte und man die Wohnung doch auf keinen Fall
gänzlich verlassen konnte. Auch hatte das Dienstmädchen gleich am ersten Tag – es war nicht ganz klar,
was und wieviel sie von dem Vorgefallenen wußte –
kniefällig die Mutter gebeten, sie sofort zu entlassen,
und als sie sich eine Viertelstunde danach verabschie-
dete, dankte sie für die Entlassung unter Tränen, wie
für die größte Wohltat, die man ihr hier erwiesen hatte,
und gab, ohne daß man es von ihr verlangte, einen
fürchterlichen Schwur ab, niemandem auch nur das
Geringste zu verraten.

Nun mußte die Schwester im Verein mit der Mutter
auch kochen; allerdings machte das nicht viel Mühe,
denn man aß fast nichts. Immer wieder hörte Gregor,
wie der eine den anderen vergebens zum Essen auffor-
derte und keine andere Antwort bekam, als: „Danke,
ich habe genug" oder etwas Ähnliches. Getrunken
wurde vielleicht auch nichts. Öfters fragte die Schwester den Vater, ob er Bier haben wolle, und herzlich
erbot sie sich, es selbst zu holen, und als der Vater
schwieg, sagte sie, um ihm jedes Bedenken zu nehmen,
sie könne auch die Hausmeisterin darum schicken, aber
dann sagte der Vater schließlich ein großes „Nein", und
es wurde nicht mehr davon gesprochen.

Schon im Laufe des ersten Tages legte der Vater die
ganzen Vermögensverhältnisse und Aussichten sowohl
der Mutter, als auch der Schwester dar. Hie und da stand
er vom Tische auf und holte aus seiner kleinen
Wertheimkassa, die er aus dem vor fünf Jahren erfolg-
ten Zusammenbruch seines Geschäftes gerettet hatte,
irgendeinen Beleg oder irgendein Vormerkbuch. Man
hörte, wie er das komplizierte Schloß aufsperrte |33| und
nach Entnahme des Gesuchten wieder verschloß. Diese
Erklärungen des Vaters waren zum Teil das erste Erfreu-
liche, was Gregor seit seiner Gefangenschaft zu hören
bekam. Er war der Meinung gewesen, daß dem Vater
von jenem Geschäft her nicht das Geringste übrigge-
blieben war, zumindest hatte ihm der Vater nichts
Gegenteiliges gesagt, und Gregor allerdings hatte ihn
auch nicht darum gefragt. Gregors Sorge war damals
nur gewesen, alles daranzusetzen, um die Familie das
geschäftliche Unglück, das alle in eine vollständige
Hoffnungslosigkeit gebracht hatte, möglichst rasch
vergessen zu lassen. Und so hatte er damals mit ganz
besonderem Feuer zu arbeiten angefangen und war fast
über Nacht aus einem kleinen Kommis ein Reisender
geworden, der natürlich ganz andere Möglichkeiten des
Geldverdienens hatte, und dessen Arbeitserfolge sich
sofort in Form der Provision zu Bargeld verwandelten,
das der erstaunten und beglückten Familie zu Hause
auf den Tisch gelegt werden konnte. Es waren schöne
Zeiten gewesen, und niemals nachher hatten sie sich,

wenigstens in diesem Glanze, wiederholt, trotzdem Gregor später so viel Geld verdiente, daß er den Aufwand der ganzen Familie zu tragen imstande war und auch trug. Man hatte sich eben daran gewöhnt, sowohl die Familie, als auch Gregor, man nahm das Geld dankbar an, er lieferte es gern ab, aber eine besondere Wärme wollte sich nicht mehr ergeben. Nur die Schwester war Gregor doch noch nahe geblieben, und es war sein geheimer Plan, sie, die zum Unterschied von Gregor Musik sehr liebte und rührend Violine zu spielen verstand, nächstes Jahr, ohne Rücksicht auf die großen Kosten, die das verursachen mußte, und die man schon auf andere Weise hereinbringen würde, auf das Konservatorium zu |34| schicken. Öfters während der kurzen Aufenthalte Gregors in der Stadt wurde in den Gesprächen mit der Schwester das Konservatorium erwähnt, aber immer nur als schöner Traum, an dessen Verwirklichung nicht zu denken war, und die Eltern hörten nicht einmal diese unschuldigen Erwähnungen gern; aber Gregor dachte sehr bestimmt daran und beabsichtigte, es am Weihnachtsabend feierlich zu erklären.

Solche in seinem gegenwärtigen Zustand ganz nutzlose Gedanken gingen ihm durch den Kopf, während er dort aufrecht an der Türe klebte und horchte. Manchmal konnte er vor allgemeiner Müdigkeit gar nicht mehr zuhören und ließ den Kopf nachlässig gegen die Tür schlagen, hielt ihn aber sofort wieder fest, denn

selbst das kleine Geräusch, das er damit verursacht hatte,
war nebenan gehört worden und hatte alle verstummen
lassen. „Was er nur wieder treibt," sagte der Vater nach
einer Weile, offenbar zur Türe hingewendet, und dann
erst wurde das unterbrochene Gespräch allmählich
wieder aufgenommen.

Gregor erfuhr nun zur Genüge – denn der Vater
pflegte sich in seinen Erklärungen öfters zu wiederho-
len, teils, weil er selbst sich mit diesen Dingen schon
lange nicht beschäftigt hatte, teils auch, weil die Mutter
nicht alles gleich beim ersten Mal verstand –, daß trotz
allen Unglücks ein allerdings ganz kleines Vermögen
aus der alten Zeit noch vorhanden war, das die nicht
angerührten Zinsen in der Zwischenzeit ein wenig
hatten anwachsen lassen. Außerdem aber war das Geld,
das Gregor allmonatlich nach Hause gebracht hatte –
er selbst hatte nur ein paar Gulden für sich behalten –,
nicht vollständig aufgebraucht worden und hatte sich
zu einem kleinen Kapital angesammelt. Gregor, hinter
seiner Türe, nickte eifrig, erfreut über diese un-
|35|erwartete Vorsicht und Sparsamkeit. Eigentlich hätte
er ja mit diesen überschüssigen Geldern die Schuld des
Vaters gegenüber dem Chef weiter abgetragen haben
können, und jener Tag, an dem er diesen Posten hätte
loswerden können, wäre weit näher gewesen, aber jetzt
war es zweifellos besser so, wie es der Vater eingerich-
tet hatte.

Nun genügte dieses Geld aber ganz und gar nicht,

um die Familie etwa von den Zinsen leben zu lassen; es genügte vielleicht, um die Familie ein, höchstens zwei Jahre zu erhalten, mehr war es nicht. Es war also bloß eine Summe, die man eigentlich nicht angreifen durfte, und die für den Notfall zurückgelegt werden mußte; das Geld zum Leben aber mußte man verdienen. Nun war aber der Vater ein zwar gesunder, aber alter Mann, der schon fünf Jahre nichts gearbeitet hatte und sich jedenfalls nicht viel zutrauen durfte; er hatte in diesen fünf Jahren, welche die ersten Ferien seines mühevollen und doch erfolglosen Lebens waren, viel Fett angesetzt und war dadurch recht schwerfällig geworden. Und die alte Mutter sollte nun vielleicht Geld verdienen, die an Asthma litt, der eine Wanderung durch die Wohnung schon Anstrengung verursachte, und die jeden zweiten Tag in Atembeschwerden auf dem Sopha beim offenen Fenster verbrachte? Und die Schwester sollte Geld verdienen, die noch ein Kind war mit ihren siebzehn Jahren, und der ihre bisherige Lebensweise so sehr zu gönnen war, die daraus bestanden hatte, sich nett zu kleiden, lange zu schlafen, in der Wirtschaft mitzuhelfen, an ein paar bescheidenen Vergnügungen sich zu beteiligen und vor allem Violine zu spielen? Wenn die Rede auf diese Notwendigkeit des Geldverdienens kam, ließ zuerst immer Gregor die Türe los und warf sich auf das |36| neben der Tür befindliche kühle Ledersopha, denn ihm war ganz heiß vor Beschämung und Trauer.

Oft lag er dort die ganzen langen Nächte über,
schlief keinen Augenblick und scharrte nur stundenlang auf dem Leder. Oder er scheute nicht die große
Mühe, einen Sessel zum Fenster zu schieben, dann die
Fensterbrüstung hinaufzukriechen und, in den Sessel
gestemmt, sich ans Fenster zu lehnen, offenbar nur in
irgendeiner Erinnerung an das Befreiende, das früher
für ihn darin gelegen war, aus dem Fenster zu schau-
en. Denn tatsächlich sah er von Tag zu Tag die auch
nur ein wenig entfernten Dinge immer undeutlicher;
das gegenüberliegende Krankenhaus, dessen nur allzu
häufigen Anblick er früher verflucht hatte, bekam er
überhaupt nicht mehr zu Gesicht, und wenn er nicht
genau gewußt hätte, daß er in der stillen, aber völlig
städtischen Charlottenstraße wohnte, hätte er glauben
können, von seinem Fenster aus in eine Einöde zu
schauen, in welcher der graue Himmel und die graue
Erde ununterscheidbar sich vereinigten. Nur zweimal
hatte die aufmerksame Schwester sehen müssen, daß
der Sessel beim Fenster stand, als sie schon jedesmal,
nachdem sie das Zimmer aufgeräumt hatte, den Sessel
wieder genau zum Fenster hinschob, ja sogar von nun
ab den inneren Fensterflügel offen ließ.

Hätte Gregor nur mit der Schwester sprechen und
ihr für alles danken können, was sie für ihn machen
mußte, er hätte ihre Dienste leichter ertragen; so aber
litt er darunter. Die Schwester suchte freilich die
Peinlichkeit des Ganzen möglichst zu verwischen, und

je längere Zeit verging, desto besser gelang es ihr natürlich auch, aber auch Gregor durchschaute mit der Zeit alles viel genauer. Schon ihr Eintritt war für ihn schrecklich. Kaum war sie eingetreten, lief sie, ohne sich Zeit |37| zu nehmen, die Türe zu schließen, so sehr sie sonst darauf achtete, jedem den Anblick von Gregors Zimmer zu ersparen, geradewegs zum Fenster und riß es, als ersticke sie fast, mit hastigen Händen auf, blieb auch, selbst wenn es noch so kalt war, ein Weilchen beim Fenster und atmete tief. Mit diesem Laufen und Lärmen erschreckte sie Gregor täglich zweimal; die ganze Zeit über zitterte er unter dem Kanapee und wußte doch sehr gut, daß sie ihn gewiß gerne damit verschont hätte, wenn es ihr nur möglich gewesen wäre, sich in einem Zimmer, in dem sich Gregor befand, bei geschlossenem Fenster aufzuhalten.

Einmal, es war wohl schon ein Monat seit Gregors Verwandlung vergangen, und es war doch schon für die Schwester kein besonderer Grund mehr, über Gregors Aussehen in Erstaunen zu geraten, kam sie ein wenig früher als sonst und traf Gregor noch an, wie er, unbeweglich und so recht zum Erschrecken aufgestellt, aus dem Fenster schaute. Es wäre für Gregor nicht unerwartet gewesen, wenn sie nicht eingetreten wäre, da er sie durch seine Stellung verhinderte, sofort das Fenster zu öffnen, aber sie trat nicht nur nicht ein, sie fuhr sogar zurück und schloß die Tür; ein Fremder hätte geradezu denken können, Gregor habe ihr aufge-

lauert und habe sie beißen wollen. Gregor versteckte
sich natürlich sofort unter dem Kanapee, aber er mußte
bis zum Mittag warten, ehe die Schwester wiederkam,
und sie schien viel unruhiger als sonst. Er erkannte
daraus, daß ihr sein Anblick noch immer unerträglich
war und ihr auch weiterhin unerträglich bleiben müsse,
und daß sie sich wohl sehr überwinden mußte, vor dem
Anblick auch nur der kleinen Partie seines Körpers
nicht davonzulaufen, mit der er unter dem Kanapee
hervorragte. Um ihr auch diesen An|38|blick zu erspa-
ren, trug er eines Tages auf seinem Rücken – er brauchte zu dieser Arbeit vier Stunden – das Leintuch auf das
Kanapee und ordnete es in einer solchen Weise an, daß
er nun gänzlich verdeckt war, und daß die Schwester,
selbst wenn sie sich bückte, ihn nicht sehen konnte.
Wäre dieses Leintuch ihrer Meinung nach nicht nötig
gewesen, dann hätte sie es ja entfernen können, denn
daß es nicht zum Vergnügen Gregors gehören konnte,
sich so ganz und gar abzusperren, war doch klar genug,
aber sie ließ das Leintuch, so wie es war, und Gregor
glaubte sogar einen dankbaren Blick erhascht zu haben,
als er einmal mit dem Kopf vorsichtig das Leintuch ein
wenig lüftete, um nachzusehen, wie die Schwester die
neue Einrichtung aufnahm.

    In den ersten vierzehn Tagen konnten es die Eltern
nicht über sich bringen, zu ihm hereinzukommen, und
er hörte oft, wie sie die jetzige Arbeit der Schwester
völlig anerkannten, während sie sich bisher häufig über

die Schwester geärgert hatten, weil sie ihnen als ein etwas nutzloses Mädchen erschienen war. Nun aber warteten oft beide, der Vater und die Mutter, vor Gregors Zimmer, während die Schwester dort auf-räumte, und kaum war sie herausgekommen, mußte sie ganz genau erzählen, wie es in dem Zimmer aussah, was Gregor gegessen hatte, wie er sich diesmal benom-men hatte, und ob vielleicht eine kleine Besserung zu bemerken war. Die Mutter übrigens wollte verhältnis-mäßig bald Gregor besuchen, aber der Vater und die Schwester hielten sie zuerst mit Vernunftgründen zu-rück, denen Gregor sehr aufmerksam zuhörte, und die er vollständig billigte. Später aber mußte man sie mit Gewalt zurückhalten, und wenn sie dann rief: „Laßt mich doch zu Gregor, er ist ja mein un|39|glücklicher Sohn! Begreift ihr es denn nicht, daß ich zu ihm muß?", dann dachte Gregor, daß es vielleicht doch gut wäre, wenn die Mutter hereinkäme, nicht jeden Tag natür-lich, aber vielleicht einmal in der Woche; sie verstand doch alles viel besser als die Schwester, die trotz all ihrem Mute doch nur ein Kind war und im letzten Grunde vielleicht nur aus kindlichem Leichtsinn eine so schwere Aufgabe übernommen hatte.

Der Wunsch Gregors, die Mutter zu sehen, ging bald in Erfüllung. Während des Tages wollte Gregor schon aus Rücksicht auf seine Eltern sich nicht beim Fenster zeigen, kriechen konnte er aber auf den paar Quadratmetern des Fußbodens auch nicht viel, das

ruhige Liegen ertrug er schon während der Nacht
schwer, das Essen machte ihm bald nicht mehr das
geringste Vergnügen, und so nahm er zur Zerstreuung
die Gewohnheit an, kreuz und quer über Wände und
Plafond zu kriechen. Besonders oben auf der Decke
hing er gern; es war ganz anders, als das Liegen auf dem
Fußboden; man atmete freier; ein leichtes Schwingen
ging durch den Körper; und in der fast glücklichen
Zerstreutheit, in der sich Gregor dort oben befand,
konnte es geschehen, daß er zu seiner eigenen Überraschung sich losließ und auf den Boden klatschte. Aber
nun hatte er natürlich seinen Körper ganz anders in der
Gewalt als früher und beschädigte sich selbst bei einem
so großen Falle nicht. Die Schwester nun bemerkte
sofort die neue Unterhaltung, die Gregor für sich
gefunden hatte – er hinterließ ja auch beim Kriechen
hie und da Spuren seines Klebstoffes –, und da setzte
sie es sich in den Kopf, Gregor das Kriechen in
größtem Ausmaße zu ermöglichen und die Möbel, die
es verhinderten, also vor allem den Kasten und den
Schreibtisch, wegzuschaffen. Nun war sie aber nicht
|40| imstande, dies allein zu tun; den Vater wagte sie
nicht um Hilfe zu bitten; das Dienstmädchen hätte ihr
ganz gewiß nicht geholfen, denn dieses etwa sechzehn-
jährige Mädchen harrte zwar tapfer seit Entlassung der
früheren Köchin aus, hatte aber um die Vergünstigung
gebeten, die Küche unaufhörlich versperrt halten zu
dürfen und nur auf besonderen Anruf öffnen zu

müssen; so blieb der Schwester also nichts übrig, als
einmal in Abwesenheit des Vaters die Mutter zu holen.
Mit Ausrufen erregter Freude kam die Mutter auch
heran, verstummte aber an der Tür vor Gregors Zimmer. Zuerst sah natürlich die Schwester nach, ob alles
im Zimmer in Ordnung war; dann erst ließ sie die
Mutter eintreten. Gregor hatte in größter Eile das
Leintuch noch tiefer und mehr in Falten gezogen, das
Ganze sah wirklich nur wie ein zufällig über das
Kanapee geworfenes Leintuch aus. Gregor unterließ
auch diesmal, unter dem Leintuch zu spionieren; er
verzichtete darauf, die Mutter schon diesmal zu sehen,
und war nur froh, daß sie nun doch gekommen war.
„Komm nur, man sieht ihn nicht," sagte die Schwester,
und offenbar führte sie die Mutter an der Hand.
Gregor hörte nun, wie die zwei schwachen Frauen den
immerhin schweren alten Kasten von seinem Platze
rückten, und wie die Schwester immerfort den größten
Teil der Arbeit für sich beanspruchte, ohne auf die
Warnungen der Mutter zu hören, welche fürchtete,
daß sie sich überanstrengen werde. Es dauerte sehr
lange. Wohl nach schon viertelstündiger Arbeit sagte
die Mutter, man solle den Kasten doch lieber hier
lassen, denn erstens sei er zu schwer, sie würden vor
Ankunft des Vaters nicht fertig werden und mit dem
Kasten in der Mitte des Zimmers Gregor jeden Weg
verrammeln, zweitens aber sei es doch gar nicht sicher,
|41| daß Gregor mit der Entfernung der Möbel ein

Gefallen geschehe. Ihr scheine das Gegenteil der Fall
zu sein; ihr bedrücke der Anblick der leeren Wand
geradezu das Herz; und warum solle nicht auch Gregor
diese Empfindung haben, da er doch an die Zimmer-
möbel längst gewöhnt sei und sich deshalb im leeren
Zimmer verlassen fühlen werde. „Und ist es dann nicht
so," schloß die Mutter ganz leise, wie sie überhaupt fast
flüsterte, als wolle sie vermeiden, daß Gregor, dessen
genauen Aufenthalt sie ja nicht kannte, auch nur den
Klang der Stimme höre, denn daß er die Worte nicht
verstand, davon war sie überzeugt, „und ist es nicht so,
als ob wir durch die Entfernung der Möbel zeigten, daß
wir jede Hoffnung auf Besserung aufgeben und ihn
rücksichtslos sich selbst überlassen? Ich glaube, es wäre
das beste, wir suchen das Zimmer genau in dem
Zustand zu erhalten, in dem es früher war, damit
Gregor, wenn er wieder zu uns zurückkommt, alles
unverändert findet und umso leichter die Zwischenzeit
vergessen kann."

Beim Anhören dieser Worte der Mutter erkannte
Gregor, daß der Mangel jeder unmittelbaren menschlichen Ansprache, verbunden mit dem einförmigen
Leben inmitten der Familie, im Laufe dieser zwei
Monate seinen Verstand hatte verwirren müssen, denn
anders konnte er es sich nicht erklären, daß er ernsthaft darnach hatte verlangen können, daß sein Zimmer
ausgeleert würde. Hatte er wirklich Lust, das warme,
mit ererbten Möbeln gemütlich ausgestattete Zimmer

in eine Höhle verwandeln zu lassen, in der er dann freilich nach allen Richtungen ungestört würde kriechen können, jedoch auch unter gleichzeitigem, schnellen, gänzlichen Vergessen seiner menschlichen Vergangenheit? War er doch jetzt schon nahe daran, zu vergessen, |42| und nur die seit langem nicht gehörte Stimme der Mutter hatte ihn aufgerüttelt. Nichts sollte entfernt werden; alles mußte bleiben; die guten Einwirkungen der Möbel auf seinen Zustand konnte er nicht entbehren; und wenn die Möbel ihn hinderten, das sinnlose Herumkriechen zu betreiben, so war es kein Schaden, sondern ein großer Vorteil.

Aber die Schwester war leider anderer Meinung; sie hatte sich, allerdings nicht ganz unberechtigt, angewöhnt, bei Besprechung der Angelegenheiten Gregors als besonders Sachverständige gegenüber den Eltern aufzutreten, und so war auch jetzt der Rat der Mutter für die Schwester Grund genug, auf der Entfernung nicht nur des Kastens und des Schreibtisches, an die sie zuerst allein gedacht hatte, sondern auf der Entfernung sämtlicher Möbel, mit Ausnahme des unentbehrlichen Kanapees, zu bestehen. Es war natürlich nicht nur kindlicher Trotz und das in der letzten Zeit so unerwartet und schwer erworbene Selbstvertrauen, das sie zu dieser Forderung bestimmte; sie hatte doch auch tatsächlich beobachtet, daß Gregor viel Raum zum Kriechen brauchte, dagegen die Möbel, soweit man sehen konnte, nicht im geringsten benützte. Vielleicht aber spielte auch

der schwärmerische Sinn der Mädchen ihres Alters mit,
der bei jeder Gelegenheit seine Befriedigung sucht, und
durch den Grete jetzt sich dazu verlocken ließ, die Lage
Gregors noch schreckenerregender machen zu wollen,
um dann noch mehr als bis jetzt für ihn leisten zu
können. Denn in einen Raum, in dem Gregor ganz
allein die leeren Wände beherrschte, würde wohl kein
Mensch außer Grete jemals einzutreten sich getrauen.

Und so ließ sie sich von ihrem Entschlusse durch die
Mutter nicht abbringen, die auch in diesem Zimmer
|43| vor lauter Unruhe unsicher schien, bald verstumm-
te und der Schwester nach Kräften beim Hinausschaf-
fen des Kastens half. Nun, den Kasten konnte Gregor
im Notfall noch entbehren, aber schon der Schreibtisch
mußte bleiben. Und kaum hatten die Frauen mit dem
Kasten, an den sie sich ächzend drückten, das Zimmer
verlassen, als Gregor den Kopf unter dem Kanapee
hervorstieß, um zu sehen, wie er vorsichtig und möglichst rücksichtsvoll eingreifen könnte. Aber zum Unglück war es gerade die Mutter, welche zuerst zurück-
kehrte, während Grete im Nebenzimmer den Kasten
umfangen hielt und ihn allein hin und her schwang,
ohne ihn natürlich von der Stelle zu bringen. Die
Mutter aber war Gregors Anblick nicht gewöhnt, er
hätte sie krank machen können, und so eilte Gregor
erschrocken im Rückwärtslauf bis an das andere Ende
des Kanapees, konnte es aber nicht mehr verhindern,
daß das Leintuch vorne ein wenig sich bewegte. Das

genügte, um die Mutter aufmerksam zu machen. Sie
stockte, stand einen Augenblick still und ging dann zu
Grete zurück.

Trotzdem sich Gregor immer wieder sagte, daß ja
nichts Außergewöhnliches geschehe, sondern nur ein
paar Möbel umgestellt würden, wirkte doch, wie er sich
bald eingestehen mußte, dieses Hin- und Hergehen der
Frauen, ihre kleinen Zurufe, das Kratzen der Möbel auf
dem Boden, wie ein großer, von allen Seiten genährter
Trubel auf ihn, und er mußte sich, so fest er Kopf und
Beine an sich zog und den Leib bis an den Boden
drückte, unweigerlich sagen, daß er das Ganze nicht
lange aushalten werde. Sie räumten ihm sein Zimmer
aus; nahmen ihm alles, was ihm lieb war; den Kasten,
in dem die Laubsäge und andere Werkzeuge lagen,
hatten sie schon hinausgetragen; lockerten |44| jetzt den
schon im Boden fest eingegrabenen Schreibtisch, an
dem er als Handelsakademiker, als Bürgerschüler, ja
sogar schon als Volksschüler seine Aufgaben geschrie-
ben hatte, – da hatte er wirklich keine Zeit mehr, die
guten Absichten zu prüfen, welche die zwei Frauen
hatten, deren Existenz er übrigens fast vergessen hatte,
denn vor Erschöpfung arbeiteten sie schon stumm, und
man hörte nur das schwere Tappen ihrer Füße.

Und so brach er denn hervor – die Frauen stützten
sich gerade im Nebenzimmer an den Schreibtisch, um
ein wenig zu verschnaufen –, wechselte viermal die
Richtung des Laufes, er wußte wirklich nicht, was er

zuerst retten sollte, da sah er an der im übrigen schon leeren Wand auffallend das Bild der in lauter Pelzwerk gekleideten Dame hängen, kroch eilends hinauf und preßte sich an das Glas, das ihn festhielt und seinem heißen Bauch wohltat. Dieses Bild wenigstens, das Gregor jetzt ganz verdeckte, würde nun gewiß niemand wegnehmen. Er verdrehte den Kopf nach der Tür des Wohnzimmers, um die Frauen bei ihrer Rückkehr zu beobachten.

Sie hatten sich nicht viel Ruhe gegönnt und kamen schon wieder; Grete hatte den Arm um die Mutter gelegt und trug sie fast. „Also was nehmen wir jetzt?", sagte Grete und sah sich um. Da kreuzten sich ihre Blicke mit denen Gregors an der Wand. Wohl nur infolge der Gegenwart der Mutter behielt sie ihre Fassung, beugte ihr Gesicht zur Mutter, um diese vom Herumschauen abzuhalten, und sagte, allerdings zitternd und unüberlegt: „Komm, wollen wir nicht lieber auf einen Augenblick noch ins Wohnzimmer zurückgehen?" Die Absicht Gretes war für Gregor klar, sie wollte die Mutter in Sicherheit bringen und dann ihn von der Wand hinunterjagen. Nun, sie konnte es ja immer|45|hin versuchen! Er saß auf seinem Bild und gab es nicht her. Lieber würde er Grete ins Gesicht springen.

Aber Gretes Worte hatten die Mutter erst recht beunruhigt, sie trat zur Seite, erblickte den riesigen braunen Fleck auf der geblümten Tapete, rief, ehe ihr eigentlich zum Bewußtsein kam, daß das Gregor war,

was sie sah, mit schreiender, rauher Stimme: „Ach Gott,
ach Gott!" und fiel mit ausgebreiteten Armen, als gebe
sie alles auf, über das Kanapee hin und rührte sich
nicht. „Du, Gregor!" rief die Schwester mit erhobener
Faust und eindringlichen Blicken. Es waren seit der
Verwandlung die ersten Worte, die sie unmittelbar an
ihn gerichtet hatte. Sie lief ins Nebenzimmer, um
irgendeine Essenz zu holen, mit der sie die Mutter aus
ihrer Ohnmacht wecken könnte; Gregor wollte auch
helfen – zur Rettung des Bildes war noch Zeit –, er
klebte aber fest an dem Glas und mußte sich mit
Gewalt losreißen; er lief dann auch ins Nebenzimmer,
als könne er der Schwester irgendeinen Rat geben, wie
in früherer Zeit; mußte dann aber untätig hinter ihr
stehen; während sie in verschiedenen Fläschchen
kramte, erschreckte sie noch, als sie sich umdrehte; eine
Flasche fiel auf den Boden und zerbrach; ein Splitter
verletzte Gregor im Gesicht, irgendeine ätzende
Medizin umfloß ihn; Grete nahm nun, ohne sich
länger aufzuhalten, soviel Fläschchen, als sie nur halten
konnte, und rannte mit ihnen zur Mutter hinein; die
Tür schlug sie mit dem Fuße zu. Gregor war nun von
der Mutter abgeschlossen, die durch seine Schuld
vielleicht dem Tode nahe war; die Tür durfte er nicht
öffnen, wollte er die Schwester, die bei der Mutter
bleiben mußte, nicht verjagen; er hatte jetzt nichts zu
tun, als zu warten; und von Selbstvorwürfen und
Besorgnis bedrängt, begann er zu kriechen, überkroch

alles, |46| Wände, Möbel und Zimmerdecke und fiel
endlich in seiner Verzweiflung, als sich das ganze
Zimmer schon um ihn zu drehen anfing, mitten auf
den großen Tisch.

Es verging eine kleine Weile, Gregor lag matt da,
ringsherum war es still, vielleicht war das ein gutes
Zeichen. Da läutete es. Das Mädchen war natürlich in
ihrer Küche eingesperrt und Grete mußte daher öffnen
gehen. Der Vater war gekommen. „Was ist geschehen?" waren seine ersten Worte; Gretes Aussehen hatte
ihm wohl alles verraten. Grete antwortete mit dumpfer
Stimme, offenbar drückte sie ihr Gesicht an des Vaters
Brust: „Die Mutter war ohnmächtig, aber es geht ihr
schon besser. Gregor ist ausgebrochen." „Ich habe es ja
erwartet," sagte der Vater, „ich habe es euch ja immer
gesagt, aber ihr Frauen wollt nicht hören." Gregor war
es klar, daß der Vater Gretes allzukurze Mitteilung
schlecht gedeutet hatte und annahm, daß Gregor sich
irgendeine Gewalttat habe zuschulden kommen lassen.
Deshalb mußte Gregor den Vater jetzt zu besänftigen
suchen, denn ihn aufzuklären hatte er weder Zeit noch
Möglichkeit. Und so flüchtete er sich zur Tür seines
Zimmers und drückte sich an sie, damit der Vater beim
Eintritt vom Vorzimmer her gleich sehen könne, daß
Gregor die beste Absicht habe, sofort in sein Zimmer
zurückzukehren, und daß es nicht nötig sei, ihn
zurückzutreiben, sondern daß man nur die Tür zu
öffnen brauche, und gleich werde er verschwinden.

Aber der Vater war nicht in der Stimmung, solche
Feinheiten zu bemerken; „Ah!" rief er gleich beim
Eintritt in einem Tone, als sei er gleichzeitig wütend
und froh. Gregor zog den Kopf von der Tür zurück
und hob ihn gegen den Vater. So hatte er sich den Vater
wirklich nicht vorgestellt, wie er jetzt dastand; |47| aller-
dings hatte er in der letzten Zeit über dem neuartigen
Herumkriechen versäumt, sich so wie früher um die
Vorgänge in der übrigen Wohnung zu kümmern, und
hätte eigentlich darauf gefaßt sein müssen, veränderte
Verhältnisse anzutreffen. Trotzdem, trotzdem, war das
noch der Vater? Der gleiche Mann, der müde im Bett
vergraben lag, wenn früher Gregor zu einer Geschäfts-
reise ausgerückt war; der ihn an Abenden der Heim-
kehr im Schlafrock im Lehnstuhl empfangen hatte; gar
nicht recht imstande war, aufzustehen, sondern zum
Zeichen der Freude nur die Arme gehoben hatte, und
der bei den seltenen gemeinsamen Spaziergängen an
ein paar Sonntagen im Jahr und an den höchsten Feier-
tagen zwischen Gregor und der Mutter, die schon an
und für sich langsam gingen, immer noch ein wenig
langsamer, in seinen alten Mantel eingepackt, mit stets
vorsichtig aufgesetztem Krückstock sich vorwärts
arbeitete und, wenn er etwas sagen wollte, fast immer
stillstand und seine Begleitung um sich versammelte?
Nun aber war er recht gut aufgerichtet; in eine straffe
blaue Uniform mit Goldknöpfen gekleidet, wie sie
Diener der Bankinstitute tragen; über dem hohen

steifen Kragen des Rockes entwickelte sich sein starkes
Doppelkinn; unter den buschigen Augenbrauen drang
der Blick der schwarzen Augen frisch und aufmerksam
hervor; das sonst zerzauste weiße Haar war zu einer
5   peinlich genauen, leuchtenden Scheitelfrisur nieder-
gekämmt. Er warf seine Mütze, auf der ein Goldmo-
nogramm, wahrscheinlich das einer Bank, angebracht
war, über das ganze Zimmer im Bogen auf das
Kanapee hin und ging, die Enden seines langen Uni-
10   formrockes zurückgeschlagen, die Hände in den
Hosentaschen, mit verbissenem Gesicht auf Gregor zu.
Er wußte wohl selbst nicht, was er vor hatte; immer-
hin hob er die |48| Füße ungewöhnlich hoch, und Gre-
gor staunte über die Riesengröße seiner Stiefelsohlen.
15   Doch hielt er sich dabei nicht auf, er wußte ja noch
vom ersten Tage seines neuen Lebens her, daß der
Vater ihm gegenüber nur die größte Strenge für
angebracht ansah. Und so lief er vor dem Vater her,
stockte, wenn der Vater stehen blieb, und eilte schon
20   wieder vorwärts, wenn sich der Vater nur rührte. So
machten sie mehrmals die Runde um das Zimmer,
ohne daß sich etwas Entscheidendes ereignete, ja ohne
daß das Ganze infolge seines langsamen Tempos den
Anschein einer Verfolgung gehabt hätte. Deshalb blieb
25   auch Gregor vorläufig auf dem Fußboden, zumal er
fürchtete, der Vater könnte eine Flucht auf die Wände
oder den Plafond für besondere Bosheit halten. Allerdings mußte sich Gregor sagen, daß er sogar dieses

Laufen nicht lange aushalten würde, denn während der
Vater einen Schritt machte, mußte er eine Unzahl von
Bewegungen ausführen. Atemnot begann sich schon
bemerkbar zu machen, wie er ja auch in seiner früheren Zeit keine ganz vertrauenswürdige Lunge besessen
hatte. Als er nun so dahintorkelte, um alle Kräfte für
den Lauf zu sammeln, kaum die Augen offenhielt; in
seiner Stumpfheit an eine andere Rettung als durch
Laufen gar nicht dachte; und fast schon vergessen hatte,
daß ihm die Wände freistanden, die hier allerdings mit
sorgfältig geschnitzten Möbeln voll Zacken und
Spitzen verstellt waren – da flog knapp neben ihm,
leicht geschleudert, irgendetwas nieder und rollte vor
ihm her. Es war ein Apfel; gleich flog ihm ein zweiter
nach; Gregor blieb vor Schrecken stehen; ein Weiter-
laufen war nutzlos, denn der Vater hatte sich entschlossen, ihn zu bombardieren. Aus der Obstschale auf der
Kredenz hatte er sich die Taschen gefüllt und warf |49|
nun, ohne vorläufig scharf zu zielen, Apfel für Apfel.
Diese kleinen roten Äpfel rollten wie elektrisiert auf
dem Boden herum und stießen aneinander. Ein
schwach geworfener Apfel streifte Gregors Rücken,
glitt aber unschädlich ab. Ein ihm sofort nachfliegen-
der drang dagegen förmlich in Gregors Rücken ein;
Gregor wollte sich weiterschleppen, als könne der
überraschende unglaubliche Schmerz mit dem Orts-
wechsel vergehen; doch fühlte er sich wie festgenagelt
und streckte sich in vollständiger Verwirrung aller

Sinne. Nur mit dem letzten Blick sah er noch, wie die
Tür seines Zimmers aufgerissen wurde, und vor der
schreienden Schwester die Mutter hervoreilte, im
Hemd, denn die Schwester hatte sie entkleidet, um ihr
in der Ohnmacht Atemfreiheit zu verschaffen, wie
dann die Mutter auf den Vater zulief und ihr auf dem
Weg die aufgebundenen Röcke einer nach dem
anderen zu Boden glitten, und wie sie stolpernd über
die Röcke auf den Vater eindrang und ihn umarmend,
in gänzlicher Vereinigung mit ihm – nun versagte aber
Gregors Sehkraft schon – die Hände an des Vaters
Hinterkopf um Schonung von Gregors Leben bat.

III.

Die schwere Verwundung Gregors, an der er über
einen Monat litt – der Apfel blieb, da ihn niemand zu
entfernen wagte, als sichtbares Andenken im Fleische
sitzen –, schien selbst den Vater daran erinnert zu
haben, daß Gregor trotz seiner gegenwärtigen trauri-
gen und ekelhaften Gestalt ein Familienmitglied war,
das man nicht wie einen Feind behandeln durfte, sondern dem gegenüber es das Gebot der Familienpflicht
war, den Widerwillen hinunterzuschlucken und zu
dulden, nichts als zu dulden.

|50| Und wenn nun auch Gregor durch seine
Wunde an Beweglichkeit wahrscheinlich für immer
verloren hatte und vorläufig zur Durchquerung seines
Zimmers wie ein alter Invalide lange, lange Minuten
brauchte – an das Kriechen in der Höhe war nicht zu
denken –, so bekam er für diese Verschlimmerung
seines Zustandes einen seiner Meinung nach vollständig genügenden Ersatz dadurch, daß immer gegen
Abend die Wohnzimmertür, die er schon ein bis zwei
Stunden vorher scharf zu beobachten pflegte, geöffnet
wurde, so daß er, im Dunkel seines Zimmers liegend,
vom Wohnzimmer aus unsichtbar, die ganze Familie

beim beleuchteten Tische sehen und ihre Reden, gewissermaßen mit allgemeiner Erlaubnis, also ganz
anders als früher, anhören durfte.

Freilich waren es nicht mehr die lebhaften Unterhaltungen der früheren Zeiten, an die Gregor in den
kleinen Hotelzimmern stets mit einigem Verlangen
gedacht hatte, wenn er sich müde in das feuchte
Bettzeug hatte werfen müssen. Es ging jetzt meist nur
sehr still zu. Der Vater schlief bald nach dem Nachtes-
sen in seinem Sessel ein; die Mutter und Schwester
ermahnten einander zur Stille; die Mutter nähte, weit
unter das Licht vorgebeugt, feine Wäsche für ein
Modengeschäft; die Schwester, die eine Stellung als
Verkäuferin angenommen hatte, lernte am Abend
Stenographie und Französisch, um vielleicht später einmal einen besseren Posten zu erreichen. Manchmal
wachte der Vater auf, und als wisse er gar nicht, daß er
geschlafen habe, sagte er zur Mutter: „Wie lange du
heute schon wieder nähst!" und schlief sofort wieder
ein, während Mutter und Schwester einander müde
zulächelten.

Mit einer Art Eigensinn weigerte sich der Vater,
auch zu Hause seine Dieneruniform abzulegen; und
|51| während der Schlafrock nutzlos am Kleiderhaken
hing, schlummerte der Vater vollständig angezogen auf
seinem Platz, als sei er immer zu seinem Dienste bereit
und warte auch hier auf die Stimme des Vorgesetzten.
Infolgedessen verlor die gleich anfangs nicht neue

Uniform trotz aller Sorgfalt von Mutter und Schwester
an Reinlichkeit, und Gregor sah oft ganze Abende lang
auf dieses über und über fleckige, mit seinen stets
geputzten Goldknöpfen leuchtende Kleid, in dem der
alte Mann höchst unbequem und doch ruhig schlief.

Sobald die Uhr zehn schlug, suchte die Mutter
durch leise Zusprache den Vater zu wecken und dann
zu überreden, ins Bett zu gehen, denn hier war es doch
kein richtiger Schlaf und diesen hatte der Vater, der um
sechs Uhr seinen Dienst antreten mußte, äußerst nötig.
Aber in dem Eigensinn, der ihn, seitdem er Diener war,
ergriffen hatte, bestand er immer darauf, noch länger
bei Tisch zu bleiben, trotzdem er regelmäßig einschlief,
und war dann überdies nur mit der größten Mühe zu
bewegen, den Sessel mit dem Bett zu vertauschen. Da
mochten Mutter und Schwester mit kleinen Ermah-
nungen noch so sehr auf ihn eindringen, viertelstun-
denlang schüttelte er langsam den Kopf, hielt die
Augen geschlossen und stand nicht auf. Die Mutter
zupfte ihn am Ärmel, sagte ihm Schmeichelworte ins
Ohr, die Schwester verließ ihre Aufgabe, um der
Mutter zu helfen, aber beim Vater verfing das nicht. Er
versank nur noch tiefer in seinen Sessel. Erst bis ihn die
Frauen unter den Achseln faßten, schlug er die Augen
auf, sah abwechselnd die Mutter und die Schwester an
und pflegte zu sagen: „Das ist ein Leben. Das ist die
Ruhe meiner alten Tage." Und auf die beiden Frauen
gestützt, erhob er sich, umständlich, als sei er für sich

selbst die größte |52| Last, ließ sich von den Frauen bis
zur Türe führen, winkte ihnen dort ab und ging nun
selbständig weiter, während die Mutter ihr Nähzeug,
die Schwester ihre Feder eiligst hinwarfen, um hinter
dem Vater zu laufen und ihm weiter behilflich zu sein.

Wer hatte in dieser abgearbeiteten und übermüde-
ten Familie Zeit, sich um Gregor mehr zu kümmern,
als unbedingt nötig war? Der Haushalt wurde immer
mehr eingeschränkt; das Dienstmädchen wurde nun
doch entlassen; eine riesige knochige Bedienerin mit
weißem, den Kopf umflatterndem Haar kam des
Morgens und des Abends, um die schwerste Arbeit zu
leisten; alles andere besorgte die Mutter neben ihrer
vielen Näharbeit. Es geschah sogar, daß verschiedene
Familienschmuckstücke, welche früher die Mutter und
die Schwester überglücklich bei Unterhaltungen und
Feierlichkeiten getragen hatten, verkauft wurden, wie
Gregor am Abend aus der allgemeinen Besprechung
der erzielten Preise erfuhr. Die größte Klage war aber
stets, daß man diese für die gegenwärtigen Verhältnisse
allzugroße Wohnung nicht verlassen konnte, da es nicht
auszudenken war, wie man Gregor übersiedeln sollte.
Aber Gregor sah wohl ein, daß es nicht nur die
Rücksicht auf ihn war, welche eine Übersiedlung
verhinderte, denn ihn hätte man doch in einer passen-
den Kiste mit ein paar Luftlöchern leicht transportieren
können; was die Familie hauptsächlich vom Wohnungswechsel abhielt, war vielmehr die völlige Hoff-

nungslosigkeit und der Gedanke daran, daß sie mit
einem Unglück geschlagen war, wie niemand sonst im
ganzen Verwandten- und Bekanntenkreis. Was die
Welt von armen Leuten verlangt, erfüllten sie bis zum
äußersten, der Vater holte den kleinen Bankbeamten
das Frühstück, die Mutter opferte sich für die |53|
Wäsche fremder Leute, die Schwester lief nach dem
Befehl der Kunden hinter dem Pulte hin und her, aber
weiter reichten die Kräfte der Familie schon nicht. Und
die Wunde im Rücken fing Gregor wie neu zu schmerzen an, wenn Mutter und Schwester, nachdem sie den
Vater zu Bett gebracht hatten, nun zurückkehrten, die
Arbeit liegen ließen, nahe zusammenrückten, schon
Wange an Wange saßen; wenn jetzt die Mutter, auf
Gregors Zimmer zeigend, sagte: „Mach' dort die Tür
zu, Grete," und wenn nun Gregor wieder im Dunkel
war, während nebenan die Frauen ihre Tränen ver-
mischten oder gar tränenlos den Tisch anstarrten.

Die Nächte und Tage verbrachte Gregor fast ganz
ohne Schlaf. Manchmal dachte er daran, beim nächsten Öffnen der Tür die Angelegenheiten der Familie
ganz so wie früher wieder in die Hand zu nehmen; in
seinen Gedanken erschienen wieder nach langer Zeit
der Chef und der Prokurist, die Kommis und die
Lehrjungen, der so begriffstützige Hausknecht, zwei
drei Freunde aus anderen Geschäften, ein Stuben-
mädchen aus einem Hotel in der Provinz, eine liebe,
flüchtige Erinnerung, eine Kassiererin aus einem

Hutgeschäft, um die er sich ernsthaft, aber zu langsam
beworben hatte – sie alle erschienen untermischt mit
Fremden oder schon Vergessenen, aber statt ihm und
seiner Familie zu helfen, waren sie sämtlich unzugäng-
lich, und er war froh, wenn sie verschwanden. Dann
aber war er wieder gar nicht in der Laune, sich um
seine Familie zu sorgen, bloß Wut über die schlechte
Wartung erfüllte ihn, und trotzdem er sich nichts vor-
stellen konnte, worauf er Appetit gehabt hätte, machte
er doch Pläne, wie er in die Speisekammer gelangen
könnte, um dort zu nehmen, was ihm, auch wenn er
keinen Hunger hatte, immerhin gebührte. Ohne jetzt
mehr nachzudenken, |54| womit man Gregor einen
besonderen Gefallen machen könnte, schob die
Schwester eiligst, ehe sie morgens und mittags ins
Geschäft lief, mit dem Fuß irgendeine beliebige Speise
in Gregors Zimmer hinein, um sie am Abend, gleich-
gültig dagegen, ob die Speise vielleicht nur verkostet
oder – der häufigste Fall – gänzlich unberührt war, mit
einem Schwenken des Besens hinauszukehren. Das
Aufräumen des Zimmers, das sie nun immer abends
besorgte, konnte gar nicht mehr schneller getan sein.
Schmutzstreifen zogen sich die Wände entlang, hie
und da lagen Knäuel von Staub und Unrat. In der
ersten Zeit stellte sich Gregor bei der Ankunft der
Schwester in derartige besonders bezeichnende Winkel, um ihr durch diese Stellung gewissermaßen einen
Vorwurf zu machen. Aber er hätte wohl wochenlang

dort bleiben können, ohne daß sich die Schwester
gebessert hätte; sie sah ja den Schmutz genau so wie
er, aber sie hatte sich eben entschlossen, ihn zu lassen.
Dabei wachte sie mit einer an ihr ganz neuen Emp-
findlichkeit, die überhaupt die ganze Familie ergriffen
hatte, darüber, daß das Aufräumen von Gregors Zimmer ihr vorbehalten blieb. Einmal hatte die Mutter
Gregors Zimmer einer großen Reinigung unterzogen,
die ihr nur nach Verbrauch einiger Kübel Wasser
gelungen war – die viele Feuchtigkeit kränkte allerdings Gregor auch und er lag breit, verbittert und
unbeweglich auf dem Kanapee –, aber die Strafe blieb
für die Mutter nicht aus. Denn kaum hatte am Abend
die Schwester die Veränderung in Gregors Zimmer
bemerkt, als sie, aufs höchste beleidigt, ins Wohnzimmer lief und, trotz der beschwörend erhobenen Hände
der Mutter, in einen Weinkrampf ausbrach, dem die
Eltern – der Vater war natürlich aus seinem Sessel
aufgeschreckt worden – zuerst erstaunt und hilf|55|los
zusahen; bis auch sie sich zu rühren anfingen; der
Vater rechts der Mutter Vorwürfe machte, daß sie
Gregors Zimmer nicht der Schwester zur Reinigung
überließ; links dagegen die Schwester anschrie, sie
werde niemals mehr Gregors Zimmer reinigen dürfen;
während die Mutter den Vater, der sich vor Erregung
nicht mehr kannte, ins Schlafzimmer zu schleppen
suchte; die Schwester, von Schluchzen geschüttelt, mit
ihren kleinen Fäusten den Tisch bearbeitete; und

Gregor laut vor Wut darüber zischte, daß es keinem
einfiel, die Tür zu schließen und ihm diesen Anblick
und Lärm zu ersparen.

Aber selbst wenn die Schwester, erschöpft von ihrer
Berufsarbeit, dessen überdrüssig geworden war, für
Gregor, wie früher, zu sorgen, so hätte noch keineswegs die Mutter für sie eintreten müssen und Gregor
hätte doch nicht vernachlässigt werden brauchen.
Denn nun war die Bedienerin da. Diese alte Witwe,
die in ihrem langen Leben mit Hilfe ihres starken
Knochenbaues das Ärgste überstanden haben mochte,
hatte keinen eigentlichen Abscheu vor Gregor. Ohne
irgendwie neugierig zu sein, hatte sie zufällig einmal
die Tür von Gregors Zimmer aufgemacht und war im
Anblick Gregors, der, gänzlich überrascht, trotzdem
ihn niemand jagte, hin und herzulaufen begann, die
Hände im Schoß gefaltet staunend stehen geblieben.
Seitdem versäumte sie nicht, stets flüchtig morgens und
abends die Tür ein wenig zu öffnen und zu Gregor
hineinzuschauen. Anfangs rief sie ihn auch zu sich
herbei, mit Worten, die sie wahrscheinlich für freundlich hielt, wie „Komm mal herüber, alter Mistkäfer!"
oder „Seht mal den alten Mistkäfer!" Auf solche
Ansprachen antwortete Gregor mit nichts, sondern
blieb unbeweglich auf seinem Platz, als sei die Tür gar
nicht |56| geöffnet worden. Hätte man doch dieser
Bedienerin, statt sie nach ihrer Laune ihn nutzlos stören
zu lassen, lieber den Befehl gegeben, sein Zimmer

täglich zu reinigen! Einmal am frühen Morgen – ein heftiger Regen, vielleicht schon ein Zeichen des kommenden Frühjahrs, schlug an die Scheiben – war Gregor, als die Bedienerin mit ihren Redensarten wieder begann, derartig erbittert, daß er, wie zum Angriff, allerdings langsam und hinfällig, sich gegen sie wendete. Die Bedienerin aber, statt sich zu fürchten, hob bloß einen in der Nähe der Tür befindlichen Stuhl hoch empor, und wie sie mit groß geöffnetem Munde dastand, war ihre Absicht klar, den Mund erst zu schließen, wenn der Sessel in ihrer Hand auf Gregors Rücken niederschlagen würde. „Also weiter geht es nicht?" fragte sie, als Gregor sich wieder umdrehte, und stellte den Sessel ruhig in die Ecke zurück.

Gregor aß nun fast gar nichts mehr. Nur wenn er zufällig an der vorbereiteten Speise vorüberkam, nahm er zum Spiel einen Bissen in den Mund, hielt ihn dort stundenlang und spie ihn dann meist wieder aus. Zuerst dachte er, es sei die Trauer über den Zustand seines Zimmers, die ihn vom Essen abhalte, aber gerade mit den Veränderungen des Zimmers söhnte er sich sehr bald aus. Man hatte sich angewöhnt, Dinge, die man anderswo nicht unterbringen konnte, in dieses Zimmer hineinzustellen, und solcher Dinge gab es nun viele, da man ein Zimmer der Wohnung an drei Zimmerherren vermietet hatte. Diese ernsten Herren – alle drei hatten Vollbärte, wie Gregor einmal durch eine Türspalte feststellte – waren peinlich auf Ordnung, nicht nur in

ihrem Zimmer, sondern, da sie sich nun einmal hier
eingemietet hatten, in der ganzen Wirtschaft, also
insbesondere in der Küche, bedacht. Un|57|nützen oder
gar schmutzigen Kram ertrugen sie nicht. Überdies
hatten sie zum größten Teil ihre eigenen Einrich-
tungsstücke mitgebracht. Aus diesem Grunde waren
viele Dinge überflüssig geworden, die zwar nicht
verkäuflich waren, die man aber auch nicht wegwer-
fen wollte. Alle diese wanderten in Gregors Zimmer.
Ebenso auch die Aschenkiste und die Abfallkiste aus
der Küche. Was nur im Augenblick unbrauchbar war,
schleuderte die Bedienerin, die es immer sehr eilig
hatte, einfach in Gregors Zimmer; Gregor sah glückli-
cherweise meist nur den betreffenden Gegenstand und
die Hand, die ihn hielt. Die Bedienerin hatte vielleicht
die Absicht, bei Zeit und Gelegenheit die Dinge wieder
zu holen oder alle insgesamt mit einemmal hinauszu-
werfen, tatsächlich aber blieben sie dort liegen, wohin
sie durch den ersten Wurf gekommen waren, wenn
nicht Gregor sich durch das Rumpelzeug wand und es
in Bewegung brachte, zuerst gezwungen, weil kein
sonstiger Platz zum Kriechen frei war, später aber mit
wachsendem Vergnügen, obwohl er nach solchen
Wanderungen, zum Sterben müde und traurig, wieder
stundenlang sich nicht rührte.

Da die Zimmerherren manchmal auch ihr Abend-
essen zu Hause im gemeinsamen Wohnzimmer
einnahmen, blieb die Wohnzimmertür an manchen

Abenden geschlossen, aber Gregor verzichtete ganz
leicht auf das Öffnen der Tür, hatte er doch schon
manche Abende, an denen sie geöffnet war, nicht ausgenützt, sondern war, ohne daß es die Familie merkte,
im dunkelsten Winkel seines Zimmers gelegen. Einmal aber hatte die Bedienerin die Tür zum Wohnzimmer ein wenig offen gelassen, und sie blieb so offen,
auch als die Zimmerherren am Abend eintraten und
Licht gemacht wurde. Sie setzten sich oben an den
Tisch, wo in |58| früheren Zeiten der Vater, die Mutter
und Gregor gegessen hatten, entfalteten die Servietten
und nahmen Messer und Gabel in die Hand. Sofort
erschien in der Tür die Mutter mit einer Schüssel
Fleisch und knapp hinter ihr die Schwester mit einer
Schüssel hochgeschichteter Kartoffeln. Das Essen
dampfte mit starkem Rauch. Die Zimmerherren beugten sich über die vor sie hingestellten Schüsseln, als
wollten sie sie vor dem Essen prüfen, und tatsächlich
zerschnitt der, welcher in der Mitte saß und den
anderen zwei als Autorität zu gelten schien, ein Stück
Fleisch noch auf der Schüssel, offenbar um festzustellen, ob es mürbe genug sei und ob es nicht etwa in die
Küche zurückgeschickt werden solle. Er war befriedigt,
und Mutter und Schwester, die gespannt zugesehen
hatten, begannen aufatmend zu lächeln.

Die Familie selbst aß in der Küche. Trotzdem kam
der Vater, ehe er in die Küche ging, in dieses Zimmer
herein und machte mit einer einzigen Verbeugung, die

Kappe in der Hand, einen Rundgang um den Tisch.
Die Zimmerherren erhoben sich sämtlich und mur-
melten etwas in ihre Bärte. Als sie dann allein waren,
aßen sie fast unter vollkommenem Stillschweigen.
Sonderbar schien es Gregor, daß man aus allen mannig-
fachen Geräuschen des Essens immer wieder ihre
kauenden Zähne heraushörte, als ob damit Gregor
gezeigt werden sollte, daß man Zähne brauche, um zu
essen, und daß man auch mit den schönsten zahnlosen
Kiefern nichts ausrichten könne. „Ich habe ja Appetit,"
sagte sich Gregor sorgenvoll, „aber nicht auf diese
Dinge. Wie sich diese Zimmerherren nähren, und ich
komme um!"

Gerade an diesem Abend – Gregor erinnerte sich
nicht, während der ganzen Zeit die Violine gehört zu
haben – ertönte sie von der Küche her. Die Zimmer-
|59|herren hatten schon ihr Nachtmahl beendet, der
mittlere hatte eine Zeitung hervorgezogen, den zwei
anderen je ein Blatt gegeben, und nun lasen sie zurückgelehnt und rauchten. Als die Violine zu spielen
begann, wurden sie aufmerksam, erhoben sich und
gingen auf den Fußspitzen zur Vorzimmertür, in der sie
aneinandergedrängt stehen blieben. Man mußte sie von
der Küche aus gehört haben, denn der Vater rief: „Ist
den Herren das Spiel vielleicht unangenehm? Es kann
sofort eingestellt werden." „Im Gegenteil," sagte der
mittlere der Herren, „möchte das Fräulein nicht zu uns
hereinkommen und hier im Zimmer spielen, wo es

doch viel bequemer und gemütlicher ist?" „O bitte," rief
der Vater, als sei er der Violinspieler. Die Herren traten
ins Zimmer zurück und warteten. Bald kam der Vater
mit dem Notenpult, die Mutter mit den Noten und die
Schwester mit der Violine. Die Schwester bereitete alles
ruhig zum Spiele vor; die Eltern, die niemals früher
Zimmer vermietet hatten und deshalb die Höflichkeit
gegen die Zimmerherren übertrieben, wagten gar nicht,
sich auf ihre eigenen Sessel zu setzen; der Vater lehnte
an der Tür, die rechte Hand zwischen zwei Knöpfe des
geschlossenen Livreerockes gesteckt; die Mutter aber
erhielt von einem Herrn einen Sessel angeboten und
saß, da sie den Sessel dort ließ, wohin ihn der Herr
zufällig gestellt hatte, abseits in einem Winkel.

Die Schwester begann zu spielen; Vater und Mutter
verfolgten, jeder von seiner Seite, aufmerksam die Bewegungen ihrer Hände. Gregor hatte, von dem Spiele
angezogen, sich ein wenig weiter vorgewagt und war
schon mit dem Kopf im Wohnzimmer. Er wunderte
sich kaum darüber, daß er in letzter Zeit so wenig
Rücksicht auf die andern nahm; früher war |60| diese
Rücksichtnahme sein Stolz gewesen. Und dabei hätte
er gerade jetzt mehr Grund gehabt, sich zu verstecken,
denn infolge des Staubes, der in seinem Zimmer überall
lag und bei der kleinsten Bewegung umherflog, war
auch er ganz staubbedeckt; Fäden, Haare, Speiseüber-
reste schleppte er auf seinem Rücken und an den Seiten
mit sich herum; seine Gleichgültigkeit gegen alles war

viel zu groß, als daß er sich, wie früher mehrmals
während des Tages, auf den Rücken gelegt und am
Teppich gescheuert hätte. Und trotz dieses Zustandes
hatte er keine Scheu, ein Stück auf dem makellosen
Fußboden des Wohnzimmers vorzurücken.

Allerdings achtete auch niemand auf ihn. Die Familie war gänzlich vom Violinspiel in Anspruch ge-
nommen; die Zimmerherren dagegen, die zunächst,
die Hände in den Hosentaschen, viel zu nahe hinter
dem Notenpult der Schwester sich aufgestellt hatten,
so daß sie alle in die Noten hätten sehen können, was
sicher die Schwester stören mußte, zogen sich bald
unter halblauten Gesprächen mit gesenkten Köpfen
zum Fenster zurück, wo sie, vom Vater besorgt beobachtet, auch blieben. Es hatte nun wirklich den
überdeutlichen Anschein, als wären sie in ihrer Annah-
me, ein schönes oder unterhaltendes Violinspiel zu
hören, enttäuscht, hätten die ganze Vorführung satt und
ließen sich nur aus Höflichkeit noch in ihrer Ruhe
stören. Besonders die Art, wie sie alle aus Nase und
Mund den Rauch ihrer Zigarren in die Höhe bliesen,
ließ auf große Nervosität schließen. Und doch spielte
die Schwester so schön. Ihr Gesicht war zur Seite
geneigt, prüfend und traurig folgten ihre Blicke den
Notenzeilen. Gregor kroch noch ein Stück vorwärts
und hielt den Kopf eng an den Boden, um möglicher-
weise ihren Blicken |61| begegnen zu können. War er
ein Tier, da ihn Musik so ergriff? Ihm war, als zeige sich

ihm der Weg zu der ersehnten unbekannten Nahrung.
Er war entschlossen, bis zur Schwester vorzudringen,
sie am Rock zu zupfen und ihr dadurch anzudeuten,
sie möge doch mit ihrer Violine in sein Zimmer
kommen, denn niemand lohnte hier das Spiel so, wie
er es lohnen wollte. Er wollte sie nicht mehr aus seinem
Zimmer lassen, wenigstens nicht, solange er lebte; seine
Schreckgestalt sollte ihm zum erstenmal nützlich werden; an allen Türen seines Zimmers wollte er gleichzeitig sein und den Angreifern entgegenfauchen; die
Schwester aber sollte nicht gezwungen, sondern
freiwillig bei ihm bleiben; sie sollte neben ihm auf dem
Kanapee sitzen, das Ohr zu ihm herunterneigen, und
er wollte ihr dann anvertrauen, daß er die feste Absicht
gehabt habe, sie auf das Konservatorium zu schicken,
und daß er dies, wenn nicht das Unglück dazwischen
gekommen wäre, vergangene Weihnachten – Weihnachten war doch wohl schon vorüber? – allen gesagt
hätte, ohne sich um irgendwelche Widerreden zu
kümmern. Nach dieser Erklärung würde die Schwester in Tränen der Rührung ausbrechen, und Gregor
würde sich bis zu ihrer Achsel erheben und ihren Hals
küssen, den sie, seitdem sie ins Geschäft ging, frei ohne
Band oder Kragen trug.

„Herr Samsa!" rief der mittlere Herr dem Vater zu
und zeigte, ohne ein weiteres Wort zu verlieren, mit
dem Zeigefinger auf den langsam sich vorwärtsbewe-
genden Gregor. Die Violine verstummte, der mittlere

Zimmerherr lächelte erst einmal kopfschüttelnd seinen Freunden zu und sah dann wieder auf Gregor hin. Der Vater schien es für nötiger zu halten, statt Gregor zu vertreiben, vorerst die Zimmerherren zu beruhigen, trotzdem diese gar nicht aufgeregt waren und |62| Gregor sie mehr als das Violinspiel zu unterhalten schien. Er eilte zu ihnen und suchte sie mit ausgebreiteten Armen in ihr Zimmer zu drängen und gleichzeitig mit seinem Körper ihnen den Ausblick auf Gregor zu nehmen. Sie wurden nun tatsächlich ein wenig böse, man wußte nicht mehr, ob über das Benehmen des Vaters oder über die ihnen jetzt aufgehende Erkenntnis, ohne es zu wissen, einen solchen Zimmernachbar wie Gregor besessen zu haben. Sie verlangten vom Vater Erklärungen, hoben ihrerseits die Arme, zupften unruhig an ihren Bärten und wichen nur langsam gegen ihr Zimmer zurück. Inzwischen hatte die Schwester die Verlorenheit, in die sie nach dem plötzlich abgebrochenen Spiel verfallen war, überwunden, hatte sich, nachdem sie eine Zeit lang in den lässig hängenden Händen Violine und Bogen gehalten und weiter, als spiele sie noch, in die Noten gesehen hatte, mit einem Male aufgerafft, hatte das Instrument auf den Schoß der Mutter gelegt, die in Atembeschwerden mit heftig arbeitenden Lungen noch auf ihrem Sessel saß, und war in das Nebenzimmer gelaufen, dem sich die Zimmerherren unter dem Drängen des Vaters schon schneller näherten. Man sah, wie unter den geübten Händen der

Naja, und was ergebt sich daaus?

Es ist mir viel zu umständlich.

Schwester die Decken und Polster in den Betten in die
Höhe flogen und sich ordneten. Noch ehe die Herren
das Zimmer erreicht hatten, war sie mit dem Aufbetten
fertig und schlüpfte heraus. Der Vater schien wieder von
seinem Eigensinn derartig ergriffen, daß er jeden
Respekt vergaß, den er seinen Mietern immerhin schul-
dete. Er drängte nur und drängte, bis schon in der Tür
des Zimmers der mittlere der Herren donnernd mit
dem Fuß aufstampfte und dadurch den Vater zum
Stehen brachte. „Ich erkläre hiermit," sagte er, hob die
Hand und suchte mit den Blicken auch die Mutter und
|63| die Schwester, „daß ich mit Rücksicht auf die in
dieser Wohnung und Familie herrschenden widerli-
chen Verhältnisse" – hiebei spie er kurz entschlossen
auf den Boden – „mein Zimmer augenblicklich kündi-
ge. Ich werde natürlich auch für die Tage, die ich hier
gewohnt habe, nicht das Geringste bezahlen, dagegen
werde ich es mir noch überlegen, ob ich nicht mit
irgendwelchen – glauben Sie mir – sehr leicht zu be-
gründenden Forderungen gegen Sie auftreten werde."
Er schwieg und sah gerade vor sich hin, als erwarte er
etwas. Tatsächlich fielen sofort seine zwei Freunde mit
den Worten ein: „Auch wir kündigen augenblicklich."
Darauf faßte er die Türklinke und schloß mit einem
Krach die Tür.

Der Vater wankte mit tastenden Händen zu seinem
Sessel und ließ sich in ihn fallen; es sah aus, als strecke
er sich zu seinem gewöhnlichen Abendschläfchen, aber

das starke Nicken seines wie haltlosen Kopfes zeigte,
daß er ganz und gar nicht schlief. Gregor war die ganze
Zeit still auf dem Platz gelegen, auf dem ihn die
Zimmerherren ertappt hatten. Die Enttäuschung über
das Mißlingen seines Planes, vielleicht aber auch die
durch das viele Hungern verursachte Schwäche machten es ihm unmöglich, sich zu bewegen. Er fürchtete
mit einer gewissen Bestimmtheit schon für den
nächsten Augenblick einen allgemeinen über ihn sich
entladenden Zusammensturz und wartete. Nicht
einmal die Violine schreckte ihn auf, die, unter den
zitternden Fingern der Mutter hervor, ihr vom Schoße
fiel und einen hallenden Ton von sich gab.

„Liebe Eltern," sagte die Schwester und schlug zur
Einleitung mit der Hand auf den Tisch, „so geht es
nicht weiter. Wenn ihr das vielleicht nicht einsehet, ich
sehe es ein. Ich will vor diesem Untier nicht den |64|
Namen meines Bruders aussprechen, und sage daher
bloß: wir müssen versuchen, es loszuwerden. Wir
haben das Menschenmögliche versucht, es zu pflegen
und zu dulden, ich glaube, es kann uns niemand den
geringsten Vorwurf machen."

„Sie hat tausendmal Recht," sagte der Vater für sich.
Die Mutter, die noch immer nicht genug Atem finden
konnte, fing in die vorgehaltene Hand mit einem
irrsinnigen Ausdruck der Augen dumpf zu husten an.

Die Schwester eilte zur Mutter und hielt ihr die
Stirn. Der Vater schien durch die Worte der Schwester

auf bestimmtere Gedanken gebracht zu sein, hatte sich
aufrecht gesetzt, spielte mit seiner Dienermütze
zwischen den Tellern, die noch vom Nachtmahl der
Zimmerherren her auf dem Tische lagen, und sah
bisweilen auf den stillen Gregor hin.

„Wir müssen es loszuwerden suchen," sagte die
Schwester nun ausschließlich zum Vater, denn die
Mutter hörte in ihrem Husten nichts, „es bringt euch
noch beide um, ich sehe es kommen. Wenn man schon
so schwer arbeiten muß, wie wir alle, kann man nicht
noch zu Hause diese ewige Quälerei ertragen. Ich kann
es auch nicht mehr." Und sie brach so heftig in Weinen
aus, daß ihre Tränen auf das Gesicht der Mutter nieder-
flossen, von dem sie sie mit mechanischen Handbewe-
gungen wischte.

„Kind," sagte der Vater mitleidig und mit auffallen-
dem Verständnis, „was sollen wir aber tun?"

Die Schwester zuckte nur die Achseln zum Zeichen der Ratlosigkeit, die sie nun während des Wei-
nens im Gegensatz zu ihrer früheren Sicherheit ergriffen hatte.

„Wenn er uns verstünde," sagte der Vater halb
fragend; die Schwester schüttelte aus dem Weinen |65|
heraus heftig die Hand zum Zeichen, daß daran nicht
zu denken sei.

„Wenn er uns verstünde," wiederholte der Vater
und nahm durch Schließen der Augen die Überzeu-
gung der Schwester von der Unmöglichkeit dessen in

sich auf, „dann wäre vielleicht ein Übereinkommen
mit ihm möglich. Aber so –"

„Weg muß es," rief die Schwester, „das ist das einzige Mittel, Vater. Du mußt bloß den Gedanken loszuwerden suchen, daß es Gregor ist. Daß wir es solange
geglaubt haben, das ist ja unser eigentliches Unglück.
Aber wie kann es denn Gregor sein? Wenn es Gregor
wäre, er hätte längst eingesehen, daß ein Zusammen-
leben von Menschen mit einem solchen Tier nicht
möglich ist, und wäre freiwillig fortgegangen. Wir
hätten dann keinen Bruder, aber könnten weiter leben
und sein Andenken in Ehren halten. So aber verfolgt
uns dieses Tier, vertreibt die Zimmerherren, will offenbar die ganze Wohnung einnehmen und uns auf der
Gasse übernachten lassen. Sieh nur, Vater," schrie sie
plötzlich auf, „er fängt schon wieder an!" Und in einem
für Gregor gänzlich unverständlichen Schrecken verließ die Schwester sogar die Mutter, stieß sich förmlich
von ihrem Sessel ab, als wollte sie lieber die Mutter
opfern, als in Gregors Nähe bleiben, und eilte hinter
den Vater, der, lediglich durch ihr Benehmen erregt,
auch aufstand und die Arme wie zum Schutze der
Schwester vor ihr halb erhob.

Aber Gregor fiel es doch gar nicht ein, irgend
jemandem und gar seiner Schwester Angst machen zu
wollen. Er hatte bloß angefangen sich umzudrehen,
um in sein Zimmer zurückzuwandern, und das nahm
sich allerdings auffallend aus, da er infolge seines

leidenden Zustandes bei den schwierigen Umdre-
hungen mit |66| seinem Kopfe nachhelfen mußte, den
er hierbei viele Male hob und gegen den Boden
schlug. Er hielt inne und sah sich um. Seine gute
Absicht schien erkannt worden zu sein; es war nur ein
augenblicklicher Schrecken gewesen. Nun sahen ihn
alle schweigend und traurig an. Die Mutter lag, die
Beine ausgestreckt und aneinandergedrückt, in ihrem
Sessel, die Augen fielen ihr vor Ermattung fast zu; der
Vater und die Schwester saßen nebeneinander, die
Schwester hatte ihre Hand um des Vaters Hals gelegt.

„Nun darf ich mich schon vielleicht umdrehen,"
dachte Gregor und begann seine Arbeit wieder. Er
konnte das Schnaufen der Anstrengung nicht unterdrücken und mußte auch hie und da ausruhen. Im
übrigen drängte ihn auch niemand, es war alles ihm
selbst überlassen. Als er die Umdrehung vollendet
hatte, fing er sofort an, geradeaus zurückzuwandern.
Er staunte über die große Entfernung, die ihn von
seinem Zimmer trennte, und begriff gar nicht, wie er
bei seiner Schwäche vor kurzer Zeit den gleichen Weg,
fast ohne es zu merken, zurückgelegt hatte. Immerfort
nur auf rasches Kriechen bedacht, achtete er kaum
darauf, daß kein Wort, kein Ausruf seiner Familie ihn
störte. Erst als er schon in der Tür war, wendete er den
Kopf, nicht vollständig, denn er fühlte den Hals steif
werden, immerhin sah er noch, daß sich hinter ihm
nichts verändert hatte, nur die Schwester war aufge-

standen. Sein letzter Blick streifte die Mutter, die nun
völlig eingeschlafen war.

Kaum war er innerhalb seines Zimmers, wurde die
Tür eiligst zugedrückt, festgeriegelt und versperrt.
Über den plötzlichen Lärm hinter sich erschrak Gregor
so, daß ihm die Beinchen einknickten. Es war die
Schwester, die sich so beeilt hatte. Aufrecht war sie
schon da ge|67|standen und hatte gewartet, leichtfüßig
war sie dann vorwärtsgesprungen, Gregor hatte sie gar
nicht kommen hören, und ein „Endlich!" rief sie den
Eltern zu, während sie den Schlüssel im Schloß
umdrehte.

„Und jetzt?" fragte sich Gregor und sah sich im
Dunkeln um. Er machte bald die Entdeckung, daß er
sich nun überhaupt nicht mehr rühren konnte. Er
wunderte sich darüber nicht, eher kam es ihm unnatür-
lich vor, daß er sich bis jetzt tatsächlich mit diesen
dünnen Beinchen hatte fortbewegen können. Im
übrigen fühlte er sich verhältnismäßig behaglich. Er
hatte zwar Schmerzen im ganzen Leib, aber ihm war,
als würden sie allmählich schwächer und schwächer
und würden schließlich ganz vergehen. Den verfaul-
ten Apfel in seinem Rücken und die entzündete
Umgebung, die ganz von weichem Staub bedeckt
waren, spürte er schon kaum. An seine Familie dachte
er mit Rührung und Liebe zurück. Seine Meinung
darüber, daß er verschwinden müsse, war womöglich
noch entschiedener, als die seiner Schwester. In diesem

Zustand leeren und friedlichen Nachdenkens blieb er,
bis die Turmuhr die dritte Morgenstunde schlug. Den
Anfang des allgemeinen Hellerwerdens draußen vor
dem Fenster erlebte er noch. Dann sank sein Kopf
ohne seinen Willen gänzlich nieder, und aus seinen
Nüstern strömte sein letzter Atem schwach hervor.

Als am frühen Morgen die Bedienerin kam – vor
lauter Kraft und Eile schlug sie, wie oft man sie auch
schon gebeten hatte, das zu vermeiden, alle Türen
derartig zu, daß in der ganzen Wohnung von ihrem
Kommen an kein ruhiger Schlaf mehr möglich war –,
fand sie bei ihrem gewöhnlichen kurzen Besuch an
Gregor zuerst nichts Besonderes. Sie dachte, er liege
absichtlich so unbeweglich da und spiele den Beleidig-
ten; |68| sie traute ihm allen möglichen Verstand zu.
Weil sie zufällig den langen Besen in der Hand hielt,
suchte sie mit ihm Gregor von der Tür aus zu kitzeln.
Als sich auch da kein Erfolg zeigte, wurde sie ärgerlich
und stieß ein wenig in Gregor hinein, und erst als sie
ihn ohne jeden Widerstand von seinem Platze gescho-
ben hatte, wurde sie aufmerksam. Als sie bald den
wahren Sachverhalt erkannte, machte sie große Augen,
pfiff vor sich hin, hielt sich aber nicht lange auf, sondern
riß die Tür des Schlafzimmers auf und rief mit lauter
Stimme in das Dunkel hinein: „Sehen Sie nur mal an,
es ist krepiert; da liegt es, ganz und gar krepiert!"

Das Ehepaar Samsa saß im Ehebett aufrecht da und
hatte zu tun, den Schrecken über die Bedienerin zu

verwinden, ehe es dazu kam, ihre Meldung aufzufas-
sen. Dann aber stiegen Herr und Frau Samsa, jeder auf
seiner Seite, eiligst aus dem Bett, Herr Samsa warf die
Decke über seine Schultern, Frau Samsa kam nur im
5   Nachthemd hervor; so traten sie in Gregors Zimmer.
Inzwischen hatte sich auch die Tür des Wohnzimmers
geöffnet, in dem Grete seit dem Einzug der Zimmerherren schlief; sie war völlig angezogen, als hätte sie gar
nicht geschlafen, auch ihr bleiches Gesicht schien das
10 zu beweisen. „Tot?" sagte Frau Samsa und sah fragend
zur Bedienerin auf, trotzdem sie doch alles selbst
prüfen und sogar ohne Prüfung erkennen konnte. „Das
will ich meinen," sagte die Bedienerin und stieß zum
Beweis Gregors Leiche mit dem Besen noch ein großes
15 Stück seitwärts. Frau Samsa machte eine Bewegung, als
wolle sie den Besen zurückhalten, tat es aber nicht.
„Nun," sagte Herr Samsa, „jetzt können wir Gott danken." Er bekreuzte sich, und die drei Frauen folgten
seinem Beispiel. Grete, die |69| kein Auge von der
20 Leiche wendete, sagte: „Seht nur, wie mager er war. Er
hat ja auch schon so lange Zeit nichts gegessen. So wie
die Speisen hereinkamen, sind sie wieder hinausge-
kommen." Tatsächlich war Gregors Körper vollständig
flach und trocken, man erkannte das eigentlich erst
25 jetzt, da er nicht mehr von den Beinchen gehoben war
und auch sonst nichts den Blick ablenkte.

„Komm, Grete, auf ein Weilchen zu uns herein,"
sagte Frau Samsa mit einem wehmütigen Lächeln, und

Grete ging, nicht ohne nach der Leiche zurückzusehen, hinter den Eltern in das Schlafzimmer. Die Bedienerin schloß die Tür und öffnete gänzlich das Fenster. Trotz des frühen Morgens war der frischen Luft schon etwas Lauigkeit beigemischt. Es war eben schon Ende März.

Aus ihrem Zimmer traten die drei Zimmerherren und sahen sich erstaunt nach ihrem Frühstück um; man hatte sie vergessen. „Wo ist das Frühstück?" fragte der mittlere der Herren mürrisch die Bedienerin. Diese aber legte den Finger an den Mund und winkte dann hastig und schweigend den Herren zu, sie möchten in Gregors Zimmer kommen. Sie kamen auch und standen dann, die Hände in den Taschen ihrer etwas abgenützten Röckchen, in dem nun schon ganz hellen Zimmer um Gregors Leiche herum.

Da öffnete sich die Tür des Schlafzimmers, und Herr Samsa erschien in seiner Livree an einem Arm seine Frau, am anderen seine Tochter. Alle waren ein wenig verweint; Grete drückte bisweilen ihr Gesicht an den Arm des Vaters.

„Verlassen Sie sofort meine Wohnung!" sagte Herr Samsa und zeigte auf die Tür, ohne die Frauen von sich zu lassen. „Wie meinen Sie das?" sagte der mittlere der Herren etwas bestürzt und lächelte süßlich. |70| Die zwei anderen hielten die Hände auf dem Rücken und rieben sie ununterbrochen aneinander, wie in freudiger Erwartung eines großen Streites, der aber für sie günstig ausfallen mußte. „Ich meine es genau so, wie

ich es sage," antwortete Herr Samsa und ging in einer
Linie mit seinen zwei Begleiterinnen auf den Zimmer-
herrn zu. Dieser stand zuerst still da und sah zu Boden,
als ob sich die Dinge in seinem Kopf zu einer neuen
Ordnung zusammenstellten. „Dann gehen wir also,"
sagte er dann und sah zu Herrn Samsa auf, als verlan-
ge er in einer plötzlich ihn überkommenden Demut
sogar für diesen Entschluß eine neue Genehmigung.
Herr Samsa nickte ihm bloß mehrmals kurz mit
großen Augen zu. Daraufhin ging der Herr tatsächlich
sofort mit langen Schritten ins Vorzimmer; seine
beiden Freunde hatten schon ein Weilchen lang mit
ganz ruhigen Händen aufgehorcht und hüpften ihm
jetzt geradezu nach, wie in Angst, Herr Samsa könnte
vor ihnen ins Vorzimmer eintreten und die Verbindung
mit ihrem Führer stören. Im Vorzimmer nahmen alle
drei die Hüte vom Kleiderrechen, zogen ihre Stöcke
aus dem Stockbehälter, verbeugten sich stumm und
verließen die Wohnung. In einem, wie sich zeigte,
gänzlich unbegründeten Mißtrauen trat Herr Samsa
mit den zwei Frauen auf den Vorplatz hinaus; an das
Geländer gelehnt, sahen sie zu, wie die drei Herren
zwar langsam, aber ständig die lange Treppe hinunter-
stiegen, in jedem Stockwerk in einer bestimmten
Biegung des Treppenhauses verschwanden und nach
ein paar Augenblicken wieder hervorkamen; je tiefer
sie gelangten, desto mehr verlor sich das Interesse der
Familie Samsa für sie, und als ihnen entgegen und dann

hoch über sie hinweg ein Fleischergeselle mit der Trage
auf dem Kopf in stolzer Haltung heraufstieg, |71|
verließ bald Herr Samsa mit den Frauen das Geländer,
und alle kehrten, wie erleichtert, in ihre Wohnung
zurück.

Sie beschlossen, den heutigen Tag zum Ausruhen
und Spazierengehen zu verwenden; sie hatten diese
Arbeitsunterbrechung nicht nur verdient, sie brauch-
ten sie sogar unbedingt. Und so setzten sie sich zum
Tisch und schrieben drei Entschuldigungsbriefe, Herr
Samsa an seine Direktion, Frau Samsa an ihren Auftrag-
geber, und Grete an ihren Prinzipal. Während des
Schreibens kam die Bedienerin herein, um zu sagen,
daß sie fortgehe, denn ihre Morgenarbeit war beendet.
Die drei Schreibenden nickten zuerst bloß, ohne aufzu-
schauen, erst als die Bedienerin sich immer noch nicht
entfernen wollte, sah man ärgerlich auf. „Nun?" fragte
Herr Samsa. Die Bedienerin stand lächelnd in der Tür,
als habe sie der Familie ein großes Glück zu melden,
werde es aber nur dann tun, wenn sie gründlich ausgefragt werde. Die fast aufrechte kleine Straußfeder auf
ihrem Hut, über die sich Herr Samsa schon während
ihrer ganzen Dienstzeit ärgerte, schwankte leicht nach
allen Richtungen. „Also was wollen Sie eigentlich?"
fragte Frau Samsa, vor welcher die Bedienerin noch am
meisten Respekt hatte. „Ja," antwortete die Bedienerin
und konnte vor freundlichem Lachen nicht gleich
weiter reden, „also darüber, wie das Zeug von neben-

an weggeschafft werden soll, müssen Sie sich keine
Sorge machen. Es ist schon in Ordnung." Frau Samsa
und Grete beugten sich zu ihren Briefen nieder, als
wollten sie weiterschreiben; Herr Samsa, welcher
5   merkte, daß die Bedienerin nun alles ausführlich zu
beschreiben anfangen wollte, wehrte dies mit ausge-
streckter Hand entschieden ab. Da sie aber nicht er-
zählen durfte, erinnerte sie sich an die große Eile, die
sie hatte, rief |72| offenbar beleidigt: „Adjes allseits,"
10 drehte sich wild um und verließ unter fürchterlichem
Türezuschlagen die Wohnung.

„Abends wird sie entlassen," sagte Herr Samsa,
bekam aber weder von seiner Frau, noch von seiner
Tochter eine Antwort, denn die Bedienerin schien ihre
15 kaum gewonnene Ruhe wieder gestört zu haben. Sie
erhoben sich, gingen zum Fenster und blieben dort,
sich umschlungen haltend. Herr Samsa drehte sich in
seinem Sessel nach ihnen um und beobachtete sie still
ein Weilchen. Dann rief er: „Also kommt doch her.
20 Laßt schon endlich die alten Sachen. Und nehmt auch
ein wenig Rücksicht auf mich." Gleich folgten ihm die
Frauen, eilten zu ihm, liebkosten ihn und beendeten
rasch ihre Briefe.

Dann verließen alle drei gemeinschaftlich die Woh-
25 nung, was sie schon seit Monaten nicht getan hatten,
und fuhren mit der Elektrischen ins Freie vor die Stadt.
Der Wagen, in dem sie allein saßen, war ganz von
warmer Sonne durchschienen. Sie besprachen, bequem

auf ihren Sitzen zurückgelehnt, die Aussichten für die
Zukunft, und es fand sich, daß diese bei näherer
Betrachtung durchaus nicht schlecht waren, denn aller
drei Anstellungen waren, worüber sie einander eigentlich noch gar nicht ausgefragt hatten, überaus günstig
und besonders für später vielversprechend. Die größte
augenblickliche Besserung der Lage mußte sich natürlich leicht durch einen Wohnungswechsel ergeben; sie
wollten nun eine kleinere und billigere, aber besser
gelegene und überhaupt praktischere Wohnung nehmen, als es die jetzige, noch von Gregor ausgesuchte
war. Während sie sich so unterhielten, fiel es Herrn
und Frau Samsa im Anblick ihrer immer lebhafter
werdenden Tochter fast gleichzeitig ein, wie sie in der
letzten |73| Zeit trotz aller Plage, die ihre Wangen
bleich gemacht hatte, zu einem schönen und üppigen
Mädchen aufgeblüht war. Stiller werdend und fast
unbewußt durch Blicke sich verständigend, dachten sie
daran, daß es nun Zeit sein werde, auch einen braven
Mann für sie zu suchen. Und es war ihnen wie eine
Bestätigung ihrer neuen Träume und guten Absichten,
als am Ziele ihrer Fahrt die Tochter als erste sich erhob
und ihren jungen Körper dehnte.

FRANZ KAFKA
DIE VERWANDLUNG

DER JÜNGSTE TAG. ★ 22/23
KURT WOLFF VERLAG · LEIPZIG
1 9 1 6

Zu dieser Ausgabe

Zur Textgestalt

Am 6. Dezember 1912 scheint Franz Kafka (1883–1924) die Novelle *Die Verwandlung,* deren Titel er erstmals am 23. November in einem Brief an Felice Bauer (1887–1960) erwähnte, vollendet zu haben. Jedenfalls teilte er in der darauffolgenden Nacht der Freundin mit: „Liebste, also höre, meine kleine Geschichte ist beendet, nur macht mich der heutige Schluß gar nicht froh, er hätte schon besser sein dürfen, das ist kein Zweifel."

Den Text, dessen Handschrift erhalten ist, bot Kafka zunächst dem Verleger Kurt Wolff an, in dessen Leipziger Verlag bereits einige seiner Texte erschienen waren. Die Option auf einen späteren Sammelband, der unter dem Titel *Die Söhne* die thematisch-autobiographisch zusammengehörigen Erzählungen *Das Urteil, Der Heizer* und *Die Verwandlung* enthalten sollte, verzögerte die sofortige Drucklegung. Der Band kam so wenig zustande wie ein Abdruck in der im S. Fischer Verlag erscheinenden *Neuen Rundschau,* die 1914 das Manuskript nur bei einer Kürzung um ein Drittel publizieren wollte. Der Kriegsbeginn verzögerte erneut das Erscheinen der Erzählung, an deren Veröffentlichung Kafka durchaus gelegen war. Erst als die kurzfristig eingestellten *Weißen Blätter,* eine seit 1913/14 in Leipzig erscheinende Monatsschrift, im Jahre 1915 wieder weitergeführt wurden, ergab sich endlich die Gelegenheit zu einem Abdruck. Der damalige Herausgeber, René Schickele, brachte Kafkas Novelle im Oktoberheft des gleichen Jahres.

Aufgrund der engen Verbindung des Verlags der *Weißen Blätter* und des Kurt-Wolff-Verlags wurden oft Beiträge der Zeitschrift in den Buchverlag übernommen. Nachdem Carl Sternheim das Preisgeld des ihm 1915 verliehenen Fontane-Preises an Kafka weitergegeben hatte, war man im Hause Wolff bemüht, der in der Monatsschrift publizierten *Verwandlung* rasch eine selbständige Buchausgabe nachfolgen zu lassen. Bereits im November 1915 lag die von Kafka gegenüber dem Erstdruck verbesserte Erzählung als Doppelband 22/23 der Buchreihe „Der jüngste Tag" vor. Die Titelzeichnung nach einer Original-Lithographie von Ottomar Starke ist auf 1916 vordatiert.

Der Text unserer Ausgabe folgt der ersten Buchausgabe zeichengenau in Orthographie und Interpunktion. Textanordnung (Absätze, Leerzeilen, Zentrierungen etc.) und Schriftgestaltung (Punktgröße, Auszeichnungen usw.) geben, ohne ein Faksimile ersetzen zu wollen, in modifizierter Form die originale Situation wieder. Die Ziffern zwischen den senkrechten Haarstrichen markieren die Paginierung der Erstausgabe.

GLOSSAR

Adjes: Lebt wohl, Ade, Auf Wiedersehen

Aschenkiste: Gefäß für die zu entleerenden Aschenschuber der einzelnen Wohnungsöfen; es stand gewöhnlich in einem Abstellraum der Wohnung

aufbetten: das Bett machen

ausgerückt: „ausrücken" = umgangssprachl. für „fliehen"; hier: militärischer Jargon für „aufbrechen"

Fetzen: Putzlappen, Scheuerlumpen

fixe Idee: Wahn-, Zwangsvorstellung

Inkasso: Einziehung von Bargeld

Invalide: Versehrter; körperlich durch Krankheit, Krieg oder Unfall behinderter Mensch

Kanapee: Sofa mit Rücken- und Seitenlehne

Kasten: (süddt./österr.) Schrank, Kleiderschrank

Kleiderrechen: auf einem Brettchen gereihte Kleiderhaken

Kommis: Verkäufer, Handelsgehilfe für niedere Dienste

Kredenz: Anrichteschrank

Pelzboa: schlangenförmiger, modischer Halsschmuck aus Federn oder aus Pelz

Pelzmuff: Handwärmer

Plafond: (frz.) Zimmerdecke

Polster: (österr.) Kissen

Prinzipal: Lehrherr, Geschäftsinhaber

Prokurist: Bevollmächtigter in Rechtsgeschäften einer Firma

Provision: Zusatzvergütung in Prozenten vom Umsatz; Vermittlungsgebühr

Reisender: Handelsvertreter

schlürfte: schlurfte

Wertheimkassa: Kästchen der Firma Wertheim zur Aufbewahrung von Dokumenten und Familienpapieren

Zimmerherren: Untermieter

DATEN ZU LEBEN UND WERK
FRANZ KAFKA
(1883–1924)

1883–1924 PRAG

1883   3. Juli: Franz Kafka wird als erstes von sechs Kindern des tschechisch erzogenen jüdischen Kaufmanns Hermann Kafka (1852–1931) und seiner deutsch erzogenen jüdischen Frau Julie, geb. Löwy (1856–1934), der Tochter eines angesehenen Brauereibesitzers, geboren. Zwei seiner Brüder sterben im Säuglingsalter; die drei Schwestern Gabriele, genannt Elli (1889–1941), Valerie, genannt Valli (1890–1942), und Ottilie, genannt Ottla (1892–1943), werden nach der Besetzung der Tschechoslowakei durch Hitlerdeutschland deportiert und im Konzentrationslager ermordet.

10. Juli: Kafka wird beschnitten.

1889   15. September: Eintritt in die „Deutsche Volks- und Bürgerschule auf dem Fleischmarkt".

1893   20. September: Übertritt in das humanistische „Staats-Gymnasium mit deutscher Unterrichtssprache in Prag-Altstadt"; Kafkas Schulleistungen sind überdurchschnittlich.

1897 Kafka beginnt zu schreiben; Freundschaft mit dem
     Mitschüler Rudolf Illowÿ der ihn mit sozialistischen
     Ideen vertraut macht.

1898 Diverse Freundschaften mit Klassenkameraden; bis
     ca. 1904 regelmäßige Lektüre der von Ferdinand
     Avenarius herausgegebenen Zeitschrift *Der Kunst-
     wart.*

1899 Lektüre von Charles Darwin und Ernst Haeckel.

1900 Juli/August: Sommerferien in Triesch bei Onkel
     Siegfried, einem Landarzt, und Sommerfrische mit
     den Eltern in Roztok bei Prag.
     Nietzsche-Lektüre.

1901 Juli: Abitur.
     August: Ferienreise nach Norderney und Helgoland.
     Herbst: Beginn des Studiums an der „Deutschen
     Universität Prag" (zuerst Chemie, dann Jura und
     nebenbei kunstgeschichtliche Vorlesungen).

1902 Sommersemester: Studium der Germanistik.
     Sommer: Ferien in Liboch und in Triesch.
     Oktober: Reise nach München; Kafka plant, dort
     weiter Germanistik zu studieren.
     23. Oktober: Erste Begegnung mit Max Brod.
     Wintersemester: Vermutlich auf Drängen des Vaters
     Fortsetzung des Jurastudiums in Prag.

1903 18. Juli: Rechtshistorische Staatsprüfung.
     Juli: Erste Bordellbesuche.
     Sommer: Urlaub mit den Eltern.
     Herbst: Kafka beginnt die Tagebücher von Hebbel,

Grillparzer, Amiel und Byron zu lesen; Lektüre von
Goethes Gesprächen und Briefen.

1904 Beginn der Arbeit an der Erzählung *Beschreibung eines
Kampfes.*

1905 Sommer: Im Sanatorium in Zuckmantel (Schlesien).
Ende August: Mehrere Wochen mit der Mutter und
den drei Schwestern in Strakonitz bei Tante Anna
und Julie.

7. November: Rigorosum aus dem österr. Zivilrecht.
Winter: Beginn der Zusammenkünfte mit den
Freunden Oskar Baum, Felix Weltsch und Max
Brod.

1906 Volontariat in einer Advokatur.

13. Juni: Rigorosum aus dem röm./dt. Recht.

18. Juni: Promotion zum Doktor der Rechte.

Sommer: Ferien in Zuckmantel.

Herbst: Beginn eines einjährigen Rechtspraktikums,
zuerst am Landgericht, dann am Strafgericht.

1907 Frühjahr: Erste Niederschrift des Romanfragments
Hochzeitsvorbereitungen auf dem Lande.

Sommer: Freundschaft mit Hedwig Weiler.

1. Oktober: Einstellung als ‚Aushilfskraft' bei den
„Assicurazioni Generali" in Prag.

1908 März: Erste Veröffentlichung von acht Prosastücken
in der von Franz Blei herausgegebenen Zeitschrift
Hyperion (erneut im 1912/13 erschienenen Sammelband *Betrachtung* abgedruckt).

30. Juli: Eintritt als ‚Aushilfsbeamter' in die „Arbei-

ter-Unfall-Versicherungs-Anstalt für das Königreich Böhmen in Prag" (Dienststunden 8–14 Uhr). Die Position ist über die Jahre hin mit zahlreichen Dienstreisen verbunden.

November: Beginn der engen Freundschaft mit Max Brod; zahlreiche Ausflüge in die Umgebung von Prag.

1909 4.–14. September: Ferienreise mit Max und Otto Brod nach Riva am Gardasee; eine Flugwoche in Brescia regt die Beschreibung *Die Aeroplane in Brescia* an.

1910 Frühjahr: Beginn der *Tagebücher*.

Mai: Ernennung zum ‚Anstaltsconcipisten‘.

Mai: Besuch von Aufführungen einer jiddischen Schauspieltruppe aus Lemberg.

Oktober: Reise mit Max und Otto Brod nach Paris.

Dezember: Kurzaufenthalt in Berlin.

1911 und folgende Jahre: Kafka beginnt sich für das Kino zu interessieren.

Februar: Beginn der *Reisetagebücher*.

26. August bis 19. September: Reise mit Max Brod nach Zürich, Luzern, Lugano, Mailand, Stresa und nach Paris; anschließend eine Woche Station im Sanatorium Fellenberg in Erlenbach bei Zürich.

Ab Oktober: Kafka sieht viele Aufführungen mit dem jiddischen Schauspieler Jizchak Löwy, mit dem er Freundschaft schließt.

Herbst: Beginn der Beschäftigung mit dem Judentum.

19. Oktober: Kafka wird mit dem Geld des Vaters stiller Teilhaber an der Asbestfabrik seines Schwagers.

1912 28. Juni bis 28 Juli: Ferienreise mit Max Brod nach Weimar mit anschließendem Aufenthalt in einem Naturheilsanatorium in Jungborn im Harz.

13. August: Kafka lernt die Angestellte Felice Bauer (1887–1960) kennen.

22./23. September: Niederschrift der Erzählung *Das Urteil* in einer Nacht.

Herbst: Das Romanfragment *Der Verschollene* entsteht (1927 von Max Brod unter dem Titel *Amerika* herausgegeben).

Oktober: Selbstmordgedanken wegen der verhassten Asbestfabrik.

November/Dezember: Niederschrift der Erzählung *Die Verwandlung.*

Dezember: Die Prosastücke mit dem Titel *Betrachtung* erscheinen bei Kurt Wolff in Leipzig.

1913 1. März: Beförderung zum ‚Vizesekretär' der Anstalt.

22. März: Besuch bei Felice Bauer in Berlin.

Ab 7. April: Gartenarbeit im „Pomologischen Institut" (Obstkunde) in Troja bei Prag.

Mai: Die Erzählung *Der Heizer,* das in sich abgeschlossene Eingangskapitel des Romans *Der Verschollene,* erscheint.

11./12. Mai: Zweiter Besuch bei Felice in Berlin.

September: Kongressbesuch in Wien; Weiterreise

über Triest, Venedig, Verona und Desenzano nach Riva in das Sanatorium Dr. von Hartungen.

22. September bis ca. 13. Oktober: Urlaubsbeziehung zur der Schweizerin Gerti Wasner.

Anfang November: Bekanntschaft mit Grete Bloch, der Freundin Felices.

9. November: Treffen mit Felice in Berlin.

Erste Lektüre der Schriften von Søren Kierkegaard.

1914 28. Februar: Kafka besucht Felice in Berlin.

1. Juni: Offizielle Verlobung in Berlin.

12. Juli: Aufhebung der Verlobung im Hotel „Askanischer Hof" in Berlin. Anschließend Reise in das dänische Ostseebad Marielyst.

1. August: Kriegserklärung Deutschlands an Russland.

Ab August: Kafka wohnt kurzfristig bei der Schwester Valli (Bilekgasse); danach bei Elli (Nerudagasse).

August bis Januar: Arbeit am Roman *Der Prozess.*

Oktober: Neben dem *Prozess* schreibt Kafka die Erzählung *In der Strafkolonie.*

1915 Jahresanfang: Grete Bloch gebiert einen Sohn, der wahrscheinlich von Kafka ist und der um 1922 stirbt; Kafka hat von diesem Kind nie erfahren.

23./24. Januar: Erstes Wiedersehen mit Felice.

März: Bezug eines eigenen Zimmers in der Langengasse.

April: Als Begleiter seiner Schwester Elli in Ungarn.

20.–31. Juli: Im Sanatorium Frankenstein bei Rumburg in Nordböhmen.

Oktober: *Die Verwandlung* erscheint in den *Weißen Blättern*.

Carl Sternheim gibt die mit dem Fontanepreis verbundene Geldsumme an Kafka weiter.

November: Vordatiert auf 1916 erscheint die Buchausgabe der *Verwandlung* in der Reihe *Der jüngste Tag*.

1916　Juli: Zehn Tage mit Felice in Marienbad.

Ende Oktober: *Das Urteil* erscheint in der Reihe *Der jüngste Tag*.

10. November: Lesung in München aus der *Strafkolonie*.

26. November: Kafka beginnt in dem von seiner Schwester Ottla gemieteten Häuschen in der Alchimistengasse auf dem Hradschin an den Erzählungen des Bandes *Ein Landarzt* zu schreiben.

Winter: Kafka beginnt die acht *Blauen Oktavhefte* (bis Ende Februar 1918).

1917　März: Bezug der Wohnung im Schönborn-Palais.

Juni: Beginn der Hebräischstudien.

Juli: Zweite Verlobung mit Felice.

August: Blutsturz; Beginn der Lungentuberkulose.

September: Übersiedlung nach Zürau zu Ottla, die dort in der Landwirtschaft arbeitet.

Dezember: Erneute Entlobung mit Felice.

1918　Mai: Wiederaufnahme der Arbeit in der Versicherungsanstalt.

Sommer: Erneut Gartenarbeit in Troja.

September: Gartenarbeit und Erholung in Turnau.

Dezember: Aufenthalt in Schelesen nördlich von Prag.

1919 Januar/Februar: Bekanntschaft mit Julie Wohryzek.

April: Rückkehr nach Prag.

Mai: In Leipzig erscheint die *Strafkolonie.*

Sommer: Verlobung mit Julie Wohryzek.

November: Kafka sagt den mit Julie vereinbarten Hochzeitstermin kurzfristig wieder ab.

November: Erneuter Aufenthalt in Schelesen; hier entsteht der nie abgeschickte *Brief an den Vater.*

Dezember: Rückkehr nach Prag.

1920 1. Januar: Beförderung zum ‚Anstaltssekretär'.

März: Bekanntschaft mit Gustav Janouch (1903–1968), der später seine *Gespräche mit Kafka* überliefern wird.

April: Beginn einer dreimonatigen Kur in Meran.

April: Beginn des Briefwechsels mit Milena Jesenská (1896–1944), die Kafka ins Tschechische übersetzt.

Ende Juni: Besuch bei Milena in Wien.

Juli: Entlobung mit Julie Wohryzek.

Sommer und Herbst: Arbeit in der Versicherungsanstalt in Prag.

Jahresende: Mit der Widmung an seinen Vater erscheint der Band *Ein Landarzt.*

Dezember: Beginn eines bis August 1921 währenden Sanatoriumsaufenthalts in Matliary in der Hohen Tatra.

1921 Februar: Beginn der Freundschaft mit dem Medizin-
studenten Robert Klopstock (1899–1972).

September: Arbeitsbeginn im Büro.

Oktober: Kafka übergibt alle Tagebücher an Milena.

1922 Januar bis September: Arbeit an dem Roman *Das Schloss.*

Januar/Februar: Erholungsurlaub in Spindelmühle
im Riesengebirge.

3. Februar: Beförderung zum ‚Obersekretär‘.

Frühjahr: Die Erzählung *Ein Hungerkünstler* entsteht.

Juni: Pensionierung.

Oktober: Kafka übergibt das Manuskript des *Schloss-*Romans an Milena.

Nach dem Oktober: Kafka verfasst ein Testament.

1923 Erste Jahreshälfte: Erneut Hebräischstudien.

12. Juni: Letzte Tagebucheintragung.

Juli: Im Erholungsurlaub in Müritz (Ostsee) lernt
Kafka die Volksküchenleiterin Dora Diamant
(1903–1952) kennen.

August/September: Aufenthalt bei Ottla in Schelesen.

Ende September: Übersiedlung nach Berlin zu Dora
Diamant.

1924 März: Rückkehr nach Prag.

März: Die Erzählung *Josefine, die Sängerin* entsteht als
letzte Arbeit Kafkas.

Ab April: Mit Dora Diamant und Robert Klopstock
im Sanatorium Hoffmann in Kierling bei Kloster-
neuburg.

3. Juni: Kafka stirbt.

11. Juni: Beerdigung in Prag auf dem Neuen Jüdischen Friedhof im Stadtteil Straschnitz.

Sommer: Die Erzählung *Ein Hungerkünstler,* die aus der testamentarischen Verfügung von der Vernichtung des Nachlasses ausgenommen ist, erscheint in Berlin.

1925 Entgegen der testamentarischen Verfügung Kafkas publiziert Max Brod den Roman *Der Prozess.*

1926 Im Kurt Wolf Verlag München erscheint der Roman *Das Schloss,* herausgegeben von Max Brod.

Die Verwandlung

Kafkas Erzählung *Die Verwandlung* besitzt in Sigmund Freuds (1856–1939) Seelenlehre kein Deutungsschema. Sie ignoriert sie und ihre Untersuchungsverfahren souverän. Weder ist die Erzählung ein dem Analytiker zu Protokoll gegebenes Traumerlebnis Kafkas, noch illustriert sie mit ihrem Hauptmotiv einen sadistischen Verwandlungstraum, auch keine unbewussten Regressionswünsche, keine ödipalen Inzestkonflikte; Gregor Samsa ist nicht einmal eine primär autobiographisch angelegte Erzählfigur; der Name „Samsa" als eine Konsonanz, als ein Kryptogramm auf „Kafka" bleibt ein literarisches Spiel; die Erzählung ist kein Bekenntnis, ja nicht einmal die Indiskretion, die Kafka – mit seiner „Unanständigkeit" kokettierend – einräumt. Sie hätte uns als eine solche Illustration psychoanalytisch gewonnener Einsichten in des Verfassers Seelenhaushalt oder als literarisch eingekleidete Autobiographie weit mäßiger zu interessieren, als sie es vermutlich immer noch tut. Auch ist *Die Verwandlung* kein schrecklicher Traum, keine schreckliche Vorstellung; sie ist nicht genuin tragisch, nicht unheimlich. Das Hauptmotiv der Erzählung besitzt eine lange literarische Tradition und wird durch das Stichwort „Metamorphose" gefasst. Die Publikation des Textes in einem einschlägigen literarischen Organ weist ihn als ein der breiten Öffentlichkeit vermachtes, bewusst gestaltetes Sprachwerk aus. Es spielt eine ganz nüchterne Versuchsanordnung durch, die ebenfalls den Titel der ihr vergleichbaren späteren Erzählung *Ein Bericht für eine Akademie* tragen könnte. Berichtet dort der Affe Rotpeter über seine „Menschwerdung", so werden hier die Folgen der „Tierwerdung" eines gewissen Gregor Samsa abgehandelt.

„Als Gregor Samsa eines Morgens aus unruhigen Träumen erwachte, fand er sich in seinem Bett zu einem ungeheueren Ungeziefer verwandelt." Zwar ist das Ungeheuer ziemlich groß, aber – „Es war kein Traum" – sehr ungeheuerlich scheint sich das Ungeheuer nicht zu sein. Jedenfalls erschrickt Gregor Samsa nicht vor sich, ja er gerät über seine Verwandlung nicht einmal ins Staunen. Ziemlich wohlig registriert er vielmehr eine ihn eher erotisierende Dame in Pelzhut, Pelzboa und Pelzmuff, und er überlegt angesichts dieser hübschen Dekoration seines Zimmers: „Wie wäre es, wenn ich noch ein wenig weiterschliefe und alle Narrheiten vergäße" |3/4|. Augenblicksweise genießt er seine Situation, die ihm in seinem abgesperrten Zimmer geradezu Muße und Luxus vorgaukelt, wie er solches im Leben einer Haremsdame erfüllt sieht.

Der Anfang von Kafkas *Verwandlung* ist also mitnichten „beklemmend", sondern die Metamorphose ist zunächst konzipiert als „ein Ausdruck der Sehnsucht nach einem freien, natürlichen Leben." Kafka äußerte dies nach 1920 gegenüber seinem Freund Gustav Janouch. „Das menschliche Dasein ist zu beschwerlich, darum will man es wenigstens in der Fantasie abschütteln." Weil das eine Erscheinung der Zeit sei, schreibt man – Kafka nennt sich neben anderen Autoren – „jetzt so viel von den Tieren." – „Ich entwickelte", so fährt Janouch fort, „seinen Gedanken weiter: ‚Es ist eine ähnliche Bewegung wie vor der großen Französischen Revolution. Damals sagte man: Zurück zur Natur.' – ‚Ja!' nickte Kafka. ‚Doch heute geht man weiter. Man sagt es nicht nur – man tut es. Man kehrt zum Tier zurück. Das ist viel einfacher als das menschliche Dasein.'" (Gustav Janouch: *Gespräche mit Kafka. Aufzeichnungen und Erinnerungen.* Erw. Ausgabe. Frankfurt 1968, S.43 f.)

Die literarische Gestalt Gregor Samsas steht in einer Reihe mit anderen Kandidaten der Literaturgeschichte und des Märchens, die den Wunsch haben, nicht länger der bedeutenden, aber auch sehr verpflichteten Spezies Mensch anzugehören. Der Beginn der Erzählung ist als Ausdruck dieses Wunsches der Wachtraum von anhebender Freiheit von den Fesseln gesellschaftlichen Lebens. Wie aber das Schöne des Schrecklichen Anfang ist – so Rilke, der etwas ältere Prager Kollege in Poeticis –, so ist die versuchte Freiheit jeweils der Beginn eines Alptraums. Die Märchen von den drei Wünschen wissen ein Lied davon zu singen. Kafkas Märchen von den drei Wünschen nach unsublimierter Erotik, richtiger Nahrung und natür-

licher Trägheit präsentiert sich als eine geöffnete Pandor-
abüchse, weil das „Zurück zum Tier" ein Denkfehler ist.
Das Märchen wird eine Parabel. Wer aus seiner Haut will,
betrügt sich, wenn er nicht gleichzeitig auch seine
(Menschen-)Welt verlassen will.

Der Vorgang der Verwandlung ist zunächst eine Befrei-
ung aus der Welt der Ökonomie, der Geschäfte und der
Familienpflichten. Wo immer der Verwandelte augen-
blicksweise nicht mehr an seine alte Hemisphäre rührt,
wörtlich sich an seiner Menschenwelt stößt, bleibt er nicht
nur unverletzt, sondern es geht ihm sogar sehr gut. Unter
– nicht auf – dem Kanapee fühlte er sich „gleich sehr be-
haglich" |28|, und wenn er, wie widersinnig in einem
natürlichen Tierleben, nicht aufrecht gehen musste,
sondern auf seinen vielen Beinchen laufen konnte, „fühlte
er … ein körperliches Wohlbehagen." |22| Das stellte sich
auch dann sofort ein, wenn die Schwester die Speise
brachte, „die ihm besser entsprach" |28| als die vormalige
Menschenspeise, und wenn er sein „Menschenzimmer"
|3| – man beachte die ungewöhnliche Wortbildung Kafkas
– ansatzweise als eine Höhle begreifen durfte und ungestört „kreuz und quer über Decke und Plafond" kriechen konnte, atmete er freier; „ein leichtes Schwingen
ging durch den Körper; und in der fast glücklichen
Zerstreutheit, in der sich Gregor dort oben befand, konnte
es geschehen, daß er zu seiner eigenen Überraschung sich
losließ und auf den Boden klatschte. Aber nun hatte er
natürlich seinen Körper ganz anders in der Gewalt als

früher und beschädigte sich selbst bei einem so großen Falle nicht." |39|

Das „Tier" als eine häufige Chiffre in Kafkas Werk versteht sich zumeist in einem positiven Bedeutungsgeflecht und ist, wie das Gespräch mit Janouch zeigt, auch im Falle der *Verwandlung* in einem rettenden Sinne zu verstehen. Tiere sind findig und in der Welt verlässlicher zu Hause als Menschen, die ein eingeschränktes, weil nur gedeutetes Verhältnis zur Welt besitzen. Die Metamorphose Gregor Samsas kann also schwerlich als eine Bestrafungs- und Degradierungsverwandlung gedeutet werden, noch dazu, da Kafka eher zur Widerrede neigt, wenn er sich mythischer Folien bedient. Gregor ist durch keine dunkle Schicksalsmacht erniedrigt worden; auch bestraft er sich nicht selbst oder treibt sich in masochistischer Selbstquälerei in eine trostlose Isolation, aus der ihn nur eine verständnisvolle Familiengemeinschaft wieder herausholen könnte. Kafkas Held ist kein Opfer, sondern er wünscht – und der Wunsch ist legitim – die Beschwerlichkeiten des menschlichen Daseins abzuschütteln; er versucht ein freies und natürliches Leben zu führen.

Warum aber scheitert Gregor Samsas Verwandlungsversuch so gänzlich, warum zeigt ihn Kafka schon in seinem Beginn – wo doch die Chiffre positiv besetzt ist – als eine kolossale Geschichte des Leidens (nicht der Erniedrigung), der Folter und des unrettbaren Wegs in den Tod ohne Chance einer märchenhaften Rückerlösung? Die meisten Interpretationen machten und machen es sich hier denkbar einfach, indem sie sofort das taten und tun, was Kafka sich beharrlich zu tun geweigert hatte. Sie moralisieren, sie ergreifen für Gregor Samsa und für Franz Kafka Partei, deuten das Scheitern als die Rache des Vaters für eine Rebellion des Sohnes, erklären die Familie zur mitleidlos vampirischen Institution, die ihr Mitglied, nachdem sie es ausgesaugt hat und nachdem es ihr ökonomisch nutzlos geworden ist, zu beseitigen trachtet.

Wer so die Tyrannis der Familie behauptet und stets biographisch begründet gegen die Väter liest, liest auch entschieden gegen Kafkas Text, der am Beginn bereits alles hinter sich hat und sich weniger episch als analysierend und auswertend (nicht wertend) begreift. In dem Experiment werden ohne Vorverurteilungen die bitteren Folgen der unerbittlich real erfolgten Verwandlung durchgespielt. Auf die ersten Konsequenzen der Verwandlung reagiert die Familie keineswegs unangemessen. Die Mutter klopft „vorsichtig" an die Tür und fragt mit „sanfter" Stimme: „Wolltest du nicht wegfahren?" Der Vater, wiewohl mit der Faust klopfend, aber „schwach", deutet mit seiner Frage weniger Unmut als Hilfestellung an: „Gregor, Gregor", ruft er, „was ist denn?" Die Schwester ist die Sorge in Person, wenn sie sich fragend anbietet: „Gregor? Ist dir nicht wohl? Brauchst du etwas?" |6/7| Was die Situation unerträglich macht, und nicht einmal darauf reagieren Familie und Prokurist unangemessen, ist die Tatsache, dass Gregor seine Verwandlung wie in einer mäßigen Boulevardkomödie überspielen will, dass er wie der in einer zwielichtigen Situation ertappte Kleinbürger den Schein wahren will. Das kann auf Dauer hier wie dort nicht gutgehen, auch wenn der Boulevard versöhnlicher mit dem in Unterhosen ertappten Sünder umspringt als Kafka mit dem Gegenstand, der Person seines Experiments.

Gregor, und das ist sein erster großer Fehler, geht nicht offensiv genug mit der unerbittlichen Realität um. Was ist natürlicher als der Schrecken der Beteiligten vor der schlussendlich doch nicht zu verhindernden Enthüllung, wenn die verschlossene Türe endlich aufgeht und der Liebhaber im Schrank oder unter dem Bett versteckt gefunden ist, wenn die Reputation, der schöne Schein zerstört ist. Protagonisten der Komödie machen sich allesamt verdächtig, wenn sie Schlafzimmertüren absperren. Ebendies hat – warum? – Gregor am Abend vor seiner Verwandlung getan. Analog zur Dramaturgie einer bürgerlichen Verlachkomödie gestaltet sich der gesamte Ablauf des ersten Teils von Kafkas dreiteilig gebauter Erzählung. Das Auftauchen des Prokuristen an der Haustür läutet die zweite Stufe in der Exposition der Farce ein. Die Personenkonstellation ergibt prototypische Muster und wird zunehmend von Missverständnissen geprägt, die Kafka gegenüber der Boulevardsituation natürlich verschärft. Die Kommunikationsversuche Gregors sind vergeblich und enden in jener totalen Kommunikationslosigkeit, die zwangsläufig zwischen „Tier"- und „Menschen"-welt herrscht. Die Menschen begreifen die

Kreatur als feindliche Natur, und ihr Tod fällt demnach nicht einmal unter Sachbeschädigung. Gregor Samsa hat einfach vergessen, dass ein natürliches Leben in domestizierten Verhältnissen nicht möglich ist, dass ein richtiges Leben im falschen Sein nicht richtig werden kann, dass seine Versuche zu kommunizieren – ihnen wird ja die sprachliche Basis radikal entzogen – Missverständnisse am laufenden Band erzeugen, Reaktionen und Handlungen verursachen, die nicht aus Bosheit und Tücke geboren werden, sondern ganz im Gegenteil gut gemeint sind, die aus „Güte" erfolgen, wenngleich sie hilflose Gesten in verworrenen Kommunikationssituationen und in einem unbegreiflichen Ereignis darstellen.

Gregor Samsas synthetische „Tierheit" drängt sich der Familie auf wie die unfreiwillige Übernahme eines Haustiers. Seine Sehnsucht war nicht radikal genug. Der zweite grundlegende Fehler des Versuchs ist der, dass die Rückkehr zum Tier für Gregor nur bedeutete: Ich will das eine haben und das andere nicht lassen. Zivilisation, Kultur, Gesellschaft und Natur stehen sich aber unversöhnlich gegenüber. Domestizierung bedeutet Herrschaft. Man kann sich ihr nur verweigern oder sie anerkennen. Wofür braucht Gregor noch einen Schreibtisch, ein „Menschenzimmer"? Wofür müht er sich, so zu tun, als wäre er gar kein Tier? Warum versucht er aufrecht zu gehen, zu reden, zu beteuern, einen unrettbaren Schein zu wahren? Warum will er von der Menschenwelt nicht gänzlich loslassen, Kommunikation nicht abbrechen? Kafka gibt im Gespräch mit

Janouch eine klare und präzise Antwort, die sein Experiment bestätigt. Verwandlung ist nicht möglich, weil Gregor tief innerlich sehr wohl weiß: „Das natürliche Leben für den Menschen ist aber das Menschenleben." (S.43 f.) Kafka fügte die Umkehrung des Satzes „Das erfüllte, höhere Leben für das Tier ist aber das Tierleben" 1917 seinem Werk in Form des nicht minder berühmt gewordenen *Berichts für eine Akademie* des Affen Rotpeter ein. Beide Berichte ergänzen und erläutern einander. Vom *Bericht* her erscheint Gregor Samsas Verwandlung, seine „Tierheit", so lächerlich wie einem Affen ein menschlicher Trapezkünstler im Varieté. Der Affe Rotpeter erscheint vor der Akademie jedoch so lächerlich wie der Clown in der Manege, wie der zum Rechnen, Lesen und Schreiben dressierte Zirkusaffe, der am Abend seinen Auftritt in jener Travestie-Show bekommt, wo Affen in Frack und Zylinder, wirkliche Menschen sich aber auch in Tierfellen als Affen gebärden. Am besten beherrscht jedoch die Spezies die Travestie-Show, der Darwin – Kafka war schon als Schüler ein eifriger Leser Darwins – bestätigt hat, dass sie an beiden „-heiten" Anteil hat, dass sie das eine nicht lassen kann, das andere aber auch nicht völlig haben will. Sie muss fast äffisch/menschlich wie Rotpeters erster Lehrer „in eine Heilanstalt gebracht werden." (*Ein Landarzt*. Kleine Erzählungen von Franz Kafka. München und Leipzig: Kurt Wolff 1919, |184|.)

Fasst man sie als eine solche Travestie-Show auf, offenbart sich die Kleinbürgerfarce *Die Verwandlung* doch als

„ein schrecklicher Traum, eine schreckliche Vorstellung." Auf dieses Stichwort, berichtet Janouch, blieb Kafka stehen und antwortete: „Der Traum enthüllt die Wirklichkeit, hinter der die Vorstellung zurückbleibt. Das ist das Schreckliche des Lebens – das Erschütternde der Kunst. Jetzt muß ich aber schon heimgehen." (S.55)

Kafkas Werk setzte sich erst ab 1950 nach und nach in Deutschland durch. Die Nazis hatten die 1935 begonnene Gesamtausgabe zuerst behindert, dann verboten; alle drei Schwestern Kafkas wurden nach der Besetzung der Tschechoslowakei durch Hitlerdeutschland deportiert und im Konzentrationslager ermordet. Der Weltruhm kam auf den Umwegen über Frankreich, das sein Werk gefördert hat, und über England und Amerika, wo ihm der Durchbruch gelang. Neben dem späten Roman *Das Schloss* und dem unvollendeten Roman aus der mittleren Schaffenszeit *Der Prozess* ist es vor allem die Erzählung *Die Verwandlung,* die diesen Ruhm begründet. Wie sich bis heute zeigt, gibt es viele Arten der Auslegung, Kafkas Werke deutend zu verfehlen; aber es gibt besonders falsche Wege, ihren Sinn zu verfehlen. Zu ihnen zählen grundsätzlich diejenigen, denen der Text und die zu seiner Bearbeitung einschlägig zuständigen Werkzeuge des Metiers nicht genug sind.

Viele Werke Kafkas sind dramatisiert worden, dienten als Vorlagen für Opernlibretti und für Drehbücher. Man mag dahinter eine geheime Affinität von Kafkas Erzählkunst zu den diversen dramatischen Genres sehen; die

Metamorphose eines epischen Werks wird aber zumindest dort einigermaßen heikel zu nennen sein, wo sich der Erzähler bereits eine Illustrierung der Buchausgabe mit seinem Helden kniefällig verbeten hatte: „Das nicht, bitte das nicht! ... Das Insekt selbst kann nicht gezeichnet werden." (Brief an Kurt Wolff vom 25. Oktober 1915.) Was hätte Kafka wohl gesagt angesicht der ganz besonderen Visualisierungswut im Falle seiner Erzählung *Die Verwandlung,* die es bisher bereits auf sieben Verfilmungen gebracht hat?

die Narbe   scar

Bibliothek der Erstausgaben
im dtv

Herausgegeben von Joseph Kiermeier-Debre

Jeder Band der dtv-Bibliothek der Erstausgaben enthält – neben dem originalgetreuen Abdruck des Textes – einen informativen Anhang: Anmerkungen zur Textgestalt, ein Glossar, Daten zu Leben und Werk sowie ein ausführliches Nachwort des Herausgebers zur Entstehungs- und Wirkungsgeschichte

Gotthold Ephraim Lessing
Nathan der Weise
ISBN 3-423-02600-6

Friedrich Schiller
Die Räuber
ISBN 3-423-02601-4

Johann W. Goethe
Die Leiden des jungen Werthers
ISBN 3-423-02602-2

Novalis
Heinrich von Ofterdingen
ISBN 3-423-02603-0

Heinrich von Kleist
Michael Kohlhaas
ISBN 3-423-02604-9

Joseph Freiherr von Eichendorff
Aus dem Leben eines Taugenichts
ISBN 3-423-02605-7

Georg Büchner
Danton's Tod
ISBN 3-423-02606-5

Annette v. Droste-Hülshoff
Die Judenbuche
ISBN 3-423-02607-3

Adalbert Stifter
Brigitta
ISBN 3-423-02608-1

Frank Wedekind
Frühlings Erwachen
ISBN 33-423-02609-X

Bitte besuchen Sie uns im Internet: www.dtv.de

Bibliothek der Erstausgaben
im <u>dtv</u>

Herausgegeben von Joseph Kiermeier-Debre

Gotthold Ephraim
Lessing
Minna von Barnhelm
ISBN 3-423-02610-3

Friedrich Schiller
Maria Stuart
ISBN 3-423-02611-1

Johann W. Goethe
West-oestlicher Divan
ISBN 3-423-02612-X

E. T. A. Hoffmann
Der goldene Topf
ISBN 3-423-02613-8

Heinrich Heine
Buch der Lieder
ISBN 3-423-02614-6

Franz Grillparzer
Der arme Spielmann
ISBN 3-423-02615-4

Eduard Mörike
**Mozart auf der Reise
nach Prag**
ISBN 3-423-02616-2

Gottfried Keller
Kleider machen Leute
ISBN 3-423-02617-0

Theodor Storm
Der Schimmelreiter
ISBN 3-423-02618-9

Rainer Maria Rilke
**Die Aufzeichnungen des
Malte Laurids Brigge**
ISBN 3-423-02619-7

Gotthold Ephraim
Lessing
Emilia Galotti
ISBN 3-423-02620-0

J. M. R. Lenz
Der Hofmeister
ISBN 3-423-02621-9

Friedrich Schiller
Kabale und Liebe
ISBN 3-423-02622-7

Johann W. Goethe
Faust. Eine Tragödie
ISBN 3-423-02623-5

Bitte besuchen Sie uns im Internet: www.dtv.de

Bibliothek der Erstausgaben
im dtv

Herausgegeben von Joseph Kiermeier-Debre

Friedrich Hölderlin
Hyperion
ISBN 3-423-02624-3

Heinrich von Kleist
Der zerbrochene Krug
ISBN 3-423-02625-1

Georg Büchner
Lenz
ISBN 3-423-02626-X

Friedrich Hebbel
Maria Magdalene
ISBN 3-423-02627-8

Theodor Fontane
Effi Briest
ISBN 3-423-02628-6

Franz Kafka
Die Verwandlung
ISBN 3-423-02629-4

Gotthold Ephraim Lessing
Die Erziehung des
Menschengeschlechts
ISBN 3-423-02630-8

Johann W. Goethe
Faust II
ISBN 3-423-02631-6

Heinrich Heine
Deutschland.
Ein Wintermärchen
ISBN 3-423-02632-4

Jeremias Gotthelf
Die schwarze Spinne
ISBN 3-423-02633-2

Rainer Maria Rilke
Duineser Elegien
ISBN 3-423-02634-0

Johann W. Goethe
Iphigenie auf Tauris
ISBN 3-423-02635-9

Friedrich Schiller
Dom Karlos
ISBN 3-423-02636-7

Gottfried Keller
Romeo und Julia auf
dem Dorfe
ISBN 3-423-02637-5

Bitte besuchen Sie uns im Internet: www.dtv.de

Bibliothek der Erstausgaben
im <u>dtv</u>

Herausgegeben von Joseph Kiermeier-Debre

Theodor Fontane
Frau Jenny Treibel
ISBN 3-423-02638-3

Christian Morgenstern
Galgenlieder
ISBN 3-423-02639-1

Heinrich von Kleist
Penthesilea
ISBN 3-423-02640-5

Clemens Brentano
Gockel, Hinkel und
Gackeleia
ISBN 3-423-02641-3

Achim von Arnim
Isabella von Ägypten
ISBN 3-423-02642-1

Georg Büchner
Leonce und Lena
ISBN 3-423-02643-X

Franz Kafka
Der Prozess
ISBN 3-423-02644-8

E.T.A. Hoffmann
Das Fräulein von Scuderi
ISBN 3-423-02645-6

C. F. Meyer
Das Amulet
ISBN 3-423-02646-4

Friedrich Schiller
Wilhelm Tell
ISBN 3-423-02647-2

Johann W. Goethe
Torquato Tasso
ISBN 3-423-02648-0

Johann W. Goethe
Die Wahlverwandtschaften
ISBN 3-423-02651-0

Heinrich von Kleist
Die Marquise von O…
ISBN 3-423-02649-9

Friedrich de la Motte
Fouqué
Undine
ISBN 3-423-02650-2

Bitte besuchen Sie uns im Internet: www.dtv.de

Bibliothek der Erstausgaben
im <u>dtv</u>

Herausgegeben von Joseph Kiermeier-Debre

Adelbert von Chamisso
Peter Schlehmil's
wundersame Reise
ISBN 3-423-02652-9

Johann W. Goethe
Märchen · Novelle
ISBN 3-423-02653-7

Theodor Storm
Immensee
ISBN 3-423-02654-5

Hugo von Hofmannsthal
Jedermann
ISBN 3-423-02656-1

Arthur Schnitzler
Reigen
ISBN 3-423-02657-X

Hugo von Hofmannsthal
Der Rosenkavalier
ISBN 3-423-02658-8

Arthur Schnitzler
Lieutenant Gustl
ISBN 3-423-02659-6

Friedrich Schiller
Wallenstein
ISBN 3-423-02660-X

Bitte besuchen Sie uns im Internet: www.dtv.de

Geschenke für Liebhaber der Poesie –
im kleinen Format

Rainer Maria Rilke
Dies Alles von mir
Hg. v. F.-H. Hackel
ISBN 3-423-**12837**-2

Hugo von Hofmannsthal
**Die scheue Schönheit
kleiner Dinge**
Hg. v. D. Tetzeli v. Rosador
ISBN 3-423-**13256**-6

Francesco Petrarca
**Ich bin im Sommer Eis,
im Winter Feuer**
Zweisprachige Ausgabe
Hg. u. übers. v. K. Stierle
ISBN 3-423-**13257**-4

Eduard Mörike
**Horch, von fern ein
leiser Harfenton**
Hg. v. Dietmar Jaegle
ISBN 3-423-**13258**-2

Friedrich Schiller
**Und das Schöne blüht
nur im Gesang**
Gedichte
Hg. v. J. Kiermeier-Debre
ISBN 3-423-**13270**-1

Das Hohelied des Salomos
Übersetzt u. kommentiert
von Klaus Reichert
ISBN 3-423-**13278**-7

Joachim Ringelnatz
Zupf dir ein Wölkchen
Gedichte
Hg. v. G. Stolzenberger
ISBN 3-423-**13301**-5

Heinrich Heine
**Der Tag ist in die Nacht
verliebt**
Hg. v. Jan-Christoph
Hauschild
ISBN 3-423-**13390**-2

**Heinrich Heine für
Große und Kleine**
Hg. v. Jan-Christoph
Hauschild
Mit Bildern von
Reinhard Michl
ISBN 3-423-**13391**-0

Heinrich Heine
Buch der Lieder
Hg. v. J. Kiermeier-Debre
ISBN 3-423-**13393**-7

Bitte besuchen Sie uns im Internet: www.dtv.de

Geschenke für Liebhaber der Poesie – im kleinen Format

John Donne
Hier lieg ich von der Lieb erschlagen
Zweisprachige Ausgabe
Hg. u. übers. von
Wolfgang Breitwieser
ISBN 3-423-13415-1

Dies alles für Dich
Hg. v. F.-H. Hackel
ISBN 3-423-20522-9

**Gedichte
für einen Regentag**
Hg. v. Mathias Mayer
ISBN 3-423-20563-6

Der Engel neben Dir
Gedichte zwischen
Himmel und Erde
Hg. v. Hans Stempel und
Martin Ripkens
ISBN 3-423-20578-4

Der Zauber der Farben
Hg. v. Joachim Schultz
ISBN 3-423-20622-5

Klabund
Das Leben lebt
Hg. v. J. Kiermeier-Debre
ISBN 3-423-20641-1

Friedrich Nietzsche
Heiterkeit, güldene
Hg. v. Johann Prossliner
ISBN 3-423-20672-1

**Gedichte
für einen Sonnentag**
Hg. v. Mathias Mayer
ISBN 3-423-20705-1

**So schöne Blumen blühn
für Dich**
Hg. v. Gudrun Bull
ISBN 3-423-20870-8

Der Garten der Poesie
Hg. v. Anton G. Leitner
und Gabriele Trinckler
ISBN 3-423-20877-5

Bitte besuchen Sie uns im Internet: www.dtv.de